カリスト
アマンダ
キール
Characters

ニルス
オスカル
ジェム
サーラ

「では、作りますね。『解放、定着、純化、抽出――錬成』」
「これが疲れを癒すポーションか……！」

無能と言われた錬金術師

~家を追い出されましたが、
凄腕だとバレて侯爵様に拾われました~

$f(x) = 2^{-3} + 1 \cdot \varepsilon = c\,005$

$\left(\frac{2}{3}x - 2x\right)a^2 = 6^2$

$f(x) = 2^{-3}$ $y = \sqrt[2]{3+1}$

$f(x) = 2^{-3} + 1 \cdot \varepsilon = c\,005$

1

shiryu illust. Matsuki

CONTENTS

無能と言われた錬金術師

～家を追い出されましたが、凄腕だとバレて侯爵様に拾われました～

✦プロローグ✦

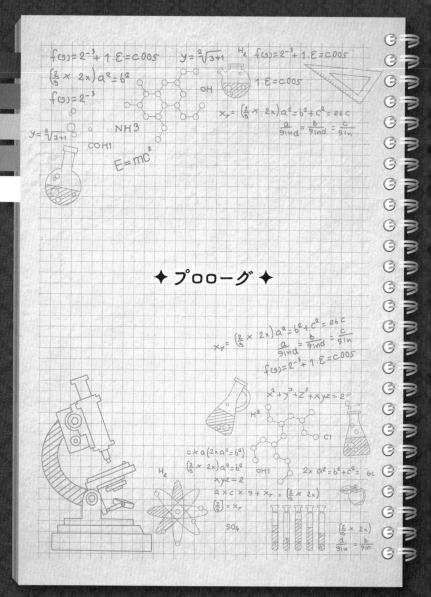

私は小さい頃、お母様がやっていた錬金術を見て憧《あこが》れた。

それは錬金術というにはちっぽけなものだったけど、とても美しいものだと思った。

亡くなったお母様は特に錬金術が得意なわけではなかったらしいが、人並み以上にはできていた。

『いつかアマンダもできるようになるわ』

『ほんと!?』

『ええ、だけど錬金術だけじゃなくて、他のことも頑張るのよ。そうすれば錬金術も上手《うま》くできるようになるわ』

『錬金術のことじゃなくても頑張ったら、錬金術が上手くなるの？』

『ええ、きっと』

お母様の優しい笑みを覚えている。

だから私は王都の学院に入学した後、錬金術はとても力を入れて頑張ったが、それ以外の科目も頑張った。

私は学院を首席で卒業し、錬金術が思う存分できる職場に就職した。

しかし、今……。

「おいアマンダ！　まだできねえのか！　この無能が！」

私は上司に無能と罵《ののし》られて怒られていた。

上司のモレノさん、私が働くヌール商会の会長だ。

「すみません、だけど一人でこの魔道具を百個も作るのはなかなか時間がかかります」

「あぁ？　お前が無能で作業が遅いだけだろうが」

「そうかもしれませんが、他の人にも手伝ってもらえればもっと早く終わりますが」

「自分の尻拭《しりぬぐ》いをなんで他人にやらせようとしてるんだ!?　お前がやればいいだけだろ！」

私の言うことは何も聞いてくれない。

もうこれ以上怒らせるのは面倒ね。

「かしこまりました、すみません」

「はっ、お前はその魔道具を全部作り終えるまで、帰るんじゃねぇぞ。どれだけ夜遅くなってもな」

はぁ、また残業は決まりね。

どうせこの残業代は、私には支払われないだろうけど。

「わかったな？　返事は？」

「かしこまりました」

「はっ、生意気なことを言わずに最初から頷《うなず》いてればいいんだ、お前みたいな無能は」

モレノさんは満足そうに顔をニヤつかせて、私の仕事部屋から離れていった。

ここは私専用の仕事部屋で、普通に考えれば待遇はいいんだけど、私にずっと仕事だけをさせるための部屋に近い。

他の従業員などもいるようだが、私はほとんど会ったことがない。

朝にこの職場に着いてから、ずっとこの部屋で仕事をしているから。

私以外の従業員はちゃんと仕事をしているのかしら？

まあそんなに興味はないけれど。

「やりましょうか」

ただ、この職場は上司が最悪で給金もまともに支払われないけど、良いところが一つある。

それは、誰にも邪魔されずに錬金術をいっぱい使って、物を作れるということだ。

これは私が仕事に対してずっと望んでいることで、転職せずに今の職場に居続けた一番の理由だ。

魔道具を作るのは楽しいからいいんだけど、さすがに百個は多い。

いや、多いというよりは、同じものを百個作るのはつまらないわね。

これが全部違うものだったら百個でも千個でも楽しく作るんだけど、同じものは本当に飽きるわ。

私は楽しく錬金術がしたいのに、この職場だとできていない。

正直、給金や待遇よりもそこが大事なのに。

はぁ、家の夕食の時間には間に合わせたいけど、今日は無理そうね。

その後、私は一人で同じ魔道具を作り続けた……つまらないわ。

職場を出てから、寒い夜空の下を歩いて家に戻る。

私はナルバレテ男爵家の令嬢なのだが……こんな夜中に一人で歩いて家へと向かう令嬢なんて、

私くらいだろう。

普通の令嬢はまずこんな夜中まで仕事をしていないだろうし、たとえ夜中まで外にいたとしても馬車で迎えがあるだろう。

もうこの時間に一人で帰ることに慣れてしまったからいいんだけど。

数十分歩き、ナルバレテ男爵家の屋敷に着いた。

「ただいま帰りました」

中に入ると使用人の方々が見えたので、そう挨拶をする。

しかし軽く会釈をされただけで、私のもとから離れていく。

お父様にそう指示をされているので、仕方ない。使用人の方々が悪いわけじゃない。

私は自分の部屋に戻り、軽く身支度を整えてから食堂へと向かう。

夕食の時間はとっくに過ぎているけど、運が良ければ……と思ったのだが。

食堂の私の席にはもう食べ物はなく、水だけが置いてあった。

「あら、お姉様。おかえりなさいませ」

「サーラ、ただいま」

私の妹のサーラが、なぜかまだ食堂にいた。

赤い長い髪が綺麗《きれい》で、私の青い髪とは全く違う色だ。

何が面白いのかよくわからないけど、なぜかニヤニヤとした笑みを浮かべている。

「少し遅かったわね、お姉様。ついさっき、使用人がお姉様のご飯を下げてしまいましたわ」

「そう、じゃあまだ捨ててないかもしれないわね」

何分前なのかはわからないけど、調理場に行けばまだ間に合うかも。

そう思って食堂をすぐに出ていこうとしたのだけど、後ろから呼び止められた。

「あっ、お姉様、申し訳ありません。今日の夕食は最初からお姉様の分はなかったかもしれませんわ」

「えっ、そうなの？」

「はい、お父様が『どうせあいつは残業で帰ってこないから、夕食なんて準備しても意味がない』と言っていました」

じゃあ今日はどれだけ早く帰ってきても意味がなかったのね。

私が残業で夕食に遅れるとたびたび捨てられていたから、それなら最初から作らないほうが食材も無駄にならずに済んでよかったのかもしれない。

「教えてくれてありがとう、サーラ」

「っ、ええ、無能なお姉様に教えることができてよかったです」

今は別に無能とか関係ないと思うけど。

サーラは私が嫌いなようなので、傷つけたいと思っているようだが、そのくらいの揶揄《からか》いは可愛《かわい》いものだ。

「じゃあ私はお父様に少し用があるから行くわね」

そう言って食堂を出たのだが、出る直前に見えたサーラの表情はどこか悔しそうだった。

お父様の執務室へと行き、ドアをノックして「お父様、アマンダです」と告げる。

数秒ほど経《た》ってから「なんだ？」と冷たい声が響いてきたので、私は「失礼します」と言って入る。

ナルバレテ家の当主、ジェム・ナルバレテ男爵は私のお父様だけど、当主の仕事をやっているところはほとんど見たことがない。

執務室の椅子に座っているが、背もたれに全体重をかけていて机の上の書類などは全く片付いていないようだ。

どうせ使用人の方にやらせて、自分は適当に遊びに行くんだろうけど。

「何の用だ、俺はお前の顔なんか見たくないのだがな」

「申し訳ありません、一つお伝えしたいことがありまして」

執務室の机越しにお父様と対面する。

お父様は座っているが、私を睨《にら》みながら話す。

「なんだ、夕食についての文句か？　お前が残業で帰ってこないことを予測して作らせなかったのだから、むしろ感謝してほしいのだが」

「はい、それについては感謝してます。わざわざ料理人の方に作ってもらったのに毎回捨てられていては、私も心苦しかったので」

私がそう言うとお父様は舌打ちをする。

お父様も私が傷ついていないとわかると、不機嫌になるのだ。

「じゃあなんだ？」

「はい、私はそろそろ今の職場を辞めようと思います」

二年ほどあの職場で働いていたが、もう決心した。

錬金術が思う存分できる職場として入って、確かに錬金術はできている。

だけど同じ魔道具をずっと作らされるのは、もう耐えられない。

私はもっといろんなものを作りたいのだ。

だからあそこを辞めて、他の職場にしようと思ったのだが……。

「はっ、何を言うかと思えば……無理に決まっているだろ、馬鹿が」

お父様に嘲笑《ちょうしょう》されながら否定された。

「なぜですか？」

「お前が無能だからだよ。無能なお前を他のところが雇ってくれると思うか？　モレノが私の友人だから、今の職場をクビになっていないのだ」

お父様とモレノさんが友人だということは、職場に入ってから知った。

二人が友人だから、私は一応お父様に辞めることを伝えたのだが……。

「学院でどれだけ良い成績を残したとしても、お前の仕事ぶりはモレノから聞いている。残業をしないと一日のノルマすらこなせないのだろう？」

「あれはモレノさんがすごい量の制作を頼むせいで……」

「言い訳など聞かん。それに上司でお前に仕事を与えてくれているモレノを悪く言うなんて、本当にお前は人間としてできていないな。だいたいお前は――」

「……」

嬉々《きき》として、私を無能だ、使えない出来損ないだ、と罵るお父様。

まあ予想はしていたけど、やっぱり辞めるのはダメって言うのね。

私はお父様と妹のサーラ、そして義母のパメラ夫人にとても嫌われている。

お父様とパメラ夫人はもともと恋人同士だったようだが、お父様は親が決めた政略結婚で私の実母と結婚することになった。

私の生みの親、ミリアムお母様はとても優秀な人だったらしい。

お父様が遊んでいても男爵家の事業を成り立たせ、むしろ事業成績を上げるくらいには。

そんな優秀なお母様を、お父様は嫌いだったらしい。

そして私が生まれて、私が五歳の頃……お母様が事故で亡くなった。

馬車での移動中だったようだが、今思うと……もしかしたら、お父様がやった可能性もある。

全く証拠なんてないけど。その後、お父様はすぐにパメラ夫人を娶《めと》ったのだが、義妹となるサーラがすでに夫人のお腹の中にいたのだ。

それから私は男爵家の邪魔者として扱われている。

お父様は学院で私が良い成績を残しても全く喜ばず、むしろ不機嫌になった。

優秀だったお母様のことを思い出してイラついていたようだ。

だからここ二年、私が職場で無能だと言われていることを喜んでいる。

「おい、何か言ったらどうだ、アマンダ」

お父様が私を罵り終わったようだ、右から左に聞き流していたけど。

「何か、とはなんでしょうか？」

「はっ、話も通じないみたいだな。いいか、お前は無能で、今の職場以外じゃやっていけない。それがわかったのなら、もうそんな妄言は言うんじゃない」

「私が他の職場でやっていけないかは、やってみないとわかりません。そして私はやってみたいので、やるだけです」

「やかましい！　お前はモレノの下で馬鹿みたいに魔道具を作ってればいいのだ！」

椅子から立ち上がって怒鳴ってくるお父様。

まさかここまでお父様が反対してくるとは思わなかった。

適当に「勝手にしろ、無能が」とだけ言うのかと思ったけど、なぜ今の職場を辞めさせてくれないのか。

モレノさんとそんなに仲良しなのかしら？

「ですが私は……」

「まだ言うのか!?　もういい、出ていけ！」

お父様は机の上にある書類を適当に掴《つか》み、私に向かって投げつけた。

顔に当たって頬《ほお》が切れたような痛みが走ったが、私はお父様と視線を合わせ続ける。

「くっ、本当にお前は腹が立つ……！」

「お願いします、お父様」

「もういい。一晩、外で頭を冷やしてこい。その部屋着でこの寒い中、外で凍えていろ」

「……それをしたら私が職場を辞めるのを考えてくれますか？」

「やかましい！　絶対に辞めさせないに決まっているだろ！」

お父様は顔を真っ赤にして怒鳴り散らす。

なぜこうも辞めさせてくれないのかわからないが、もう今は冷静に話ができないようだ。

「かしこまりました。お忙しい中、失礼しました」

「ああ、二度と私の前に立たないでほしいくらいだ」

私は一礼して、執務室から出た。

「お嬢様」

「あっ、イーヤ」

部屋を出たところにイーヤというメイドの方がいた。

この方は私が小さい頃からいたメイドで、ミリアムお母様とも仲良かった。

だからお父様がメイドや執事に出す「アマンダと仲良くするな」という命令を無視して、よく話してくれる。

とても嬉《うれ》しいんだけど、それでお父様やパメラ夫人に私の前で怒られているので、申し訳ない気持ちもある。

「大丈夫ですか？　廊下にまで当主様の声が聞こえてきていましたが」

「大丈夫です、特に何もされませんでしたから」

「っ、お嬢様、頬に傷が……！」

あっ、そういえば紙で切れたんだったわね。

「すぐに手当てを……！」

「いえ、このくらい大丈夫ですよ。それよりも私はお父様の命《めい》に従って、一晩外にいないといけないから」

「本当になさるのですか？」

その命令も聞こえていたようで、イーヤは目を見開いて驚く。

「そんな薄着で今外に出ては、本当に凍え死んでしまいます。お嬢様、どうかお考え直しください」

「大丈夫ですよ。私は錬金術師ですから」

私はニコッと笑ってイーヤを安心させる。

「ですが……」

「では行ってきますね。一晩ということなので、明日の朝には戻ってくる予定です」

イーヤにそう言ってから、私は廊下を歩いて自室へと向かう。

お父様はこの格好で外へ行けと言っていたけど、準備するなとは言ってなかったわね。

さすがに薄着の部屋着でこの寒い夜を過ごせるとは思っていないので、錬金術を使うつもりだ。

そして自室で用意した手提げ鞄《かばん》だけ持って、屋敷から出た。


屋敷の外へ出てしばらく歩くと、多くの店が並ぶ商店街の地区に出る。

……というか、寒いわ！

「は、早く上着を作らないといけないわね……」

私は鞄から小さな布の塊を出した。

鞄の中にはいろんな素材を小さくしたものが入っていて、上着ならこの素材だけで十分だ。

「『拡張』」

まずは小さくしていた布の塊を元の状態に戻す。

「『解放――錬成』」

そして私が作りたい形をイメージして、錬成していく。

小さな布の塊から、あっという間に私の身体に合った上着が出来上がった。

「ふぅ、寒かったわ」

そろそろ雪も降り始める季節の夜に、部屋着一枚は寒すぎる。

朝まで部屋着のままだったら、それこそ凍え死んでしまう。

もしかしたらお父様は私に死ねって言ったつもりだったのかしら？

まあたとえそうだしても、死ぬつもりなんて全くないけれど。

あの家では誰も私を家族だとは思ってないし、私も思っていない。

とりあえず上着は作ったけど、このまま夜中に街中を歩いていては危ないだろう。

最低限の自己防衛はできるけど、疲れたから眠りたい。

どこか少し広くて空いている場所……裏路地の広場でいいかしら？

あそこは人通りがなく、夜だからさらに少ないだろう。

だからこそ危ないとは思うけど、そこは錬金術で作れるものがあるから大丈夫なはず。

ここでもたもたしても時間の無駄ね、とりあえず行ってみよう。

私は寒いので身体を動かすために、少し早足で路地裏の方へと向かった。

路地裏に行くためにはまず商店街の大通りに出て、それから路地の方へと行かないといけない。

大通りも人通りは少ないが、まだ何人か人がいるし店が開いているところもある。

その中に食事を売っている出店があって、いい匂いがしてきたのをグッと我慢する。

さすがにお金は持っていない、というか私が自由に使えるお金はほとんどない。

今の職場ではあまり給金をもらえないし、もらえたとしてもお父様が家に入れろと言ってくるので、私の手元に残るお金は子供のお小遣い程度だ。

私は物欲があまりないのでそれでもいいのだが、こんなときに食事を買えるお金くらいは持っていたかったかも。

横目に食事を提供している出店を見ながら、私は路地裏の方へと向かっていく。

すると、目の前から歩いてきた人にぶつかりそうになってしまった。

「あっ、すみません」

私はギリギリで止まって、目の前の人をチラッと見上げる。

フードを被《かぶ》っていてあまり顔は見えなかったが、少し見える髪は黒色で着ているコートはとても高級そうだ。

ここは平民の方も通っている大通りなのだが、どう見ても貴族の方だ。

「申し訳ありません、急いでいたもので」

「いえ、こちらこそ」

声や体格からして男性で、私は軽く頭を下げてからまた早足で歩き始める。

どこの貴族の方だろう、あの人もこんな夜中まで仕事をしていて、その帰り道かな？

さすがに私と同じようにこんな寒い中で一晩外に出ていろ、なんて言われているわけではないと思うけど。

そんなことを考えながら路地裏へと向かう私の背を……その人がずっと見ていたのを、私は知らなかった。


路地裏の広場に着いた。やはりここは誰もいない。

ここなら私の錬金術で、あれを立てられる。

鞄からまた小さな塊を出す。

「『拡張、解放、錬成』」

塊を元の素材に戻して、作りたいものをイメージして錬成する。

私が今作ったのは、テントだ。

学院生の頃、休みを使って王都を出て一人で素材採取の旅に出たことがあった。

その時に作ったきりで、最近は作ってなかったから作れるか心配だったけど、大丈夫だったようだ。

中に入ると暖かくなっていて、これは私がテントに付与した魔術で、快適な温度になるようにしてあるのだ。

テントの中だったら上着はもういらないので、脱いで『解放、圧縮』と唱えて小さな塊の素材に戻す。

そしてまた鞄に入れて、鞄から他の素材を出していく。

錬金術を駆使して、いろいろと家具を作る。ベッドや椅子、テーブルなど。

本当なら食べ物も錬成できるのだが、私はあまり好きじゃない。

というのも、食べ物を錬金術で作っても不味《まず》いのだ。

味などを考慮して錬成するのは不可能だから、錬成して食事を作っても食材を適当に混ぜ合わせただけの味になる。

素材採取の旅をしていたとき、最悪、食べ物が用意できなかった場合に作っていたけど、あまり作りたいものではない。

だから今日も食材を持っていないのだが……今日くらいは持っておいたほうがよかったかもしれない。

「お腹が空《す》いて、眠れない気がするわ……」

そういえば忙しく昼食もて食べていなかった気がする。

モレノさんの命令でずっと魔道具を作り続けていたから……いや、錬金術となると私は集中しちゃうから、モレノさんのせいではないかもしれないわね。

それにしてもお腹空いたわ……どうしよう。

お金が手に入れば出店で食事が買えるけど、お金なんてないし、今から魔道具などを売ろうとしても魔道具店なども開いていないだろう。

今から何か作って売ろうにも、さすがに質屋も魔道具屋も閉まっているだろう。

あっ、そういえば私、頬に傷を負っていたわね。

私はまた素材を鞄から取り出す。

「『拡張、解放、定着』」

薬草や純水などを取り出して、空中に留《とど》まるように維持しておく。

「『純化、抽出、錬成』」

素材をさらに綺麗にし、必要な成分だけを抽出し、錬成する。

宙に数滴ほどのポーションが生まれたので、私は手のひらでそれを掬《すく》って頬の傷に塗る。

うん、これで大丈夫、治ったわね。

使わなかった素材はまた小さくして鞄にしまっておく。

ポーションを作って傷は治せたけど、これでお腹が膨れるわけではない。

このまま我慢して寝るしかないわね……明日も朝から仕事だし、早めに寝ないと。

はぁ、またモレノさんに無理やり同じ魔道具をずっと作らされる日々が続くのね。

辞めたいのにお父様もなぜか辞めさせてくれないし……どうしようかしら。

そんなことを考えながらベッドに潜ろうとしたとき、訪問を知らせる音が鳴った。

このテントを立てるときは外で寝泊まりすることが多かったので、魔獣が侵入してきたとき用に警戒音が鳴るようにしてあった。

警戒音だけで、それ以上の危険が迫ったときの音が鳴ることはあまりなかったけど。

今のように、訪問を知らせる音が鳴ることは一回もなかった。

この音は入り口に吊《つ》ってある呼び鈴を、外にいる人が鳴らさないといけない。

……誰だろう？

夜中にこんな路地裏に人が来ることがあるのかしら？

少し警戒しながら、私は入り口の近くに立って声をかける。

「失礼ですが、どなたでしょうか？」

外の様子はわからないけど、私の声に反応して少しだけ入り口で足音がした。

「失礼、俺はカリストという者だ」

外から聞こえてきたのは男性の声だ。

テントが遮っているからよく聞こえないが、どこかで聞いたことがあるような気がする。

気のせいかしら？

「カリストさん、私にどんな用でしょうか？」

「君がこのテントを立てたのか？」

「はい、そうです」

「ふむ、そうか……」

なぜか外にいるカリストさんは悩んでいる様子だ。

……はっ！　もしかして、カリストさんもこの広場で夜を過ごすつもりだったのかしら？

私が先にここを占領してしまったから、どこで寝るか悩んでらっしゃる？

それだったらとても申し訳ないわ。

「あの、カリストさん。外は寒いでしょうから、よかったらお入りになりますか？」

「ん？　いいのか？」

「はい、今開けますね」

私がテントの中にいるときは外からは開けられないようになっているので、中から開ける。

外にいたのはやはり男性で、暖かそうなコートを着ていてフードも被っていて……って、あら？

この方、さっき道ですれ違った人かしら？

そういえば声も聞き覚えがあったし、多分そうだわ。

だけどなんでここに？

さっきすれ違ったときは、私とは真逆な方向へ歩いていたはずでは？

「入ってもいいか？」

「あっ、はい！　どうぞ！」

カリストさんを中に入れて、寒いのですぐにテントの入り口を閉じる。

「ほう、中は暖かいのだな」

「そういう魔術をかけていますので」

「なるほど、凄《すさ》まじいな」

カリストさんはテントの中が気になるようで、立ったまま周りを見回す。

あっ、そういえば椅子が一つしかないわ、作らないと。

鞄から素材を出して、と。

「『拡張、解放、錬成』……カリストさん、こちらにお座りください」

「つ……今のは、錬金術か？」

私の錬金術を見て、カリストさんはすぐにそう聞いてきた。

わからない人が見たら魔術と思うはずなので、錬金術の知識はあるようだ。

魔術と錬金術は似ているようで全くの別物。

錬金術は主に何かを作るが、魔術は物などに術式を付与してそれに応じた効果をもたらすものだ。

私は錬金術でテントを作って、その素材に室内の温度を快適にする魔術をかけている。

「はい、そうです。私、錬金術師のアマンダ・ナルバレテと申します」

まだ名前を言ってなかったから、名乗りながらお辞儀をする。

「ナルバレテ、というと男爵家の？」

「はい、そうです」

ナルバレテ男爵家のことを知っている？　ということはカリストさんも貴族の方？

「あの、カリストさんは……」

「このテントは暖かいから、コートを脱いでもいいか？」

「あっ、はい」

質問をしようとしたけど遮られてしまった。

まあ後で聞けばいいかしら。

フードを外してコートを脱いだカリストさん。

黒髪に端整な顔立ちで、思っていたよりも若かった。

私よりも少し年上、二十五歳くらいだろうか。

どこかで会ったことがあるというか、見たことがある気がする……気のせいかしら？

「あの、カリストさんはなぜここに？　こんな夜中に路地裏の広場に来て……もしかして、カリストさんも私と同じくここで野宿をしようと思ったのですか？」

「……野宿？」

カリストさんは不思議そうに首を傾《かし》げる。

「はい、それだったら申し訳ありません。私も今日は一晩外で過ごさないといけないので、広場で勝手にテントを立ててしまいました」

「……ふふっ、いや、俺は野宿をするつもりはないから大丈夫だ」

「そうですか？」

なぜかカリストさんは笑いながら「ああ、そうだ」と言った。

「しかし、野宿か。確かにテントは野宿に向いているが、ここまで快適なテントはすごいな」

「お褒めに預かり恐縮です」

「このテント、そしてテントの中にある物は全部、アマンダが錬金術で作ったものなのか？」

「はい、そうです」

「すごいな。椅子を作るときも思ったが、かなり技量がある錬金術師だ」

「あ、ありがとうございます！」

久しぶりに錬金術の腕を褒められて、嬉しくて声が上ずってしまった。

「しかしそれだけの技量を持っていて、錬金術師のアマンダの名を聞いたことがないな。名を隠しているのか？」

「いえ、隠していませんよ。しっかり錬金術の職場で働いていますので」

「本当か？　俺は錬金術などの事業で顔が広いと思っていたが……君が働いている職場はどこだ？」

事業で顔が広い？　モレノさんみたいに、どこかの会長さんなのかな？

「ヌール商会、という魔道具を主に扱っているところお店です」

「ヌール……ああ、確かモレノという会長がいるところか？」

「あ、そうです。ご存じでしたか？」

「もちろんだ。モレノは……君のところの会長を悪く言うようだが、あまり好きじゃない人種だ」

「わかります。私も好きじゃありませんから」

「ふっ、そうか。だが腕は確かで……いや、待てよ？　まさか……」

カリストさんは話の途中で顎《あご》に手を当てて考え始める。

真剣な表情で考えているので、私はよくわからないけど邪魔はしたくはないので話しかけない。

私も錬金術の実験とか研究をしているとき、こうやって考えることがあるから。

「……すまない、話の途中で黙ってしまって」

「いえ、大丈夫です」

「ありがとう。それと質問をさせてくれないか？　アマンダはモレノのところで、魔道具を作っているのか？」

「はい、そうですよ」

「あまり他の商会の内情を聞くのはよくないと思うが、一つだけ聞かせてほしい。アマンダは一人で何百個も同じ魔道具を作っていたりしないか？」

「えっ？　は、はい、そうです。作っています」

まさか私の仕事状況をズバッと言い当てられるとは思わず、とてもビックリした。

「やはりそうか。モレノの奴、胡散臭《うさんくさ》いとは思っていたが、まさか本当に……」

「あの、どういうことでしょうか？」

「……そうだな。アマンダは知る権利があるだろう」

カリストさんは深刻そうな表情で話してくれる。

「モレノは、君の手柄を自分のものにしている」

「私の手柄、ですか？」

「ヌール商会の魔道具でいくつかモレノが特許を取っている商品がある。それはとても優れた商品で、モレノは錬金術師として注目を浴びていたが……おそらく、いや間違いなく、その商品は君が作ったものだろう」

なるほど、確かにモレノさんが自分で魔道具を作っているところを見たことがない。

あの人が錬金術師なのかどうかも知らない。

「カリストさんはなぜ私が作ったものだと思ったのでしょうか？」

「今、君の腕を間近で見たからだ。それに世に広まっているモレノの魔道具は、どれもクオリティが同じなんだ」

「クオリティが同じ？　それは当たり前なのでは？」

「いや、当たり前ではない。普通なら大量生産をする際、何人、何十人もの錬金術師が作るからクオリティに差に出る。特に難しい魔道具であればわかりやすいのだが、ヌール商会が出している魔道具は全部クオリティが同じだ。一人の錬金術師が作っていないとありえない」

「そうなのですね」

他の人が魔道具を作っているところを見たことがないので、初めて知ったわ。

「やはりアマンダ、君はモレノに手柄を奪われている」

「はぁ、そうなんですか」

「……怒りはないのか？」

「特にはないですね、あまり手柄というものに興味がないので」

「そうなのか？」

「はい、私は錬金術ができればそれでいいのです」

それにモレノさんが悪いことをしていることは、なんとなく気づいていた。

だからショックはほとんど受けていない。

「そうか、アマンダは欲がないのだな」

「欲はありますよ。錬金術を思う存分やりたい、という欲です」

「ほう、それならモレノの職場でもいいのか？」

「いえ、それが全然ダメです。モレノさんのところだと、同じ魔道具をずっと作り続けないといけなくて。それがとてもつまらなくて」

「ああ、なるほど。確かにそれはつまらないかもしれないな」

カリストさんはそう言って笑ったが、私にとっては大きな問題だ。

「給金がまともに払われなくても、手柄を取られてもいいんです。楽しく錬金術ができれば」

「えっ、給金もまともに払われていないのか？」

「はい、正確に言えば私が稼いだ額はお父様が勝手に奪うので、私が使えるお金はほとんどないって感じですね」

「それは酷《ひど》いな。ナルバレテ男爵家ではそれが当たり前なのか？」

「いえ、妹のサーラには多くの額を渡しているようです。私はお父様に嫌われていますから」

「……そうなのか」

私の話にカリストさんが気まずそうな表情をする。

いけない、こんな身の上話を初対面の人にしてしまったわ。

「すみません、余計な話をしてしまいました」

「いや、私から聞いたことだ。むしろ話しづらいことを話させてしまってすまない」

「いえ、それは大丈夫です」

「いろいろとアマンダに聞いてしまったから、何かお返しをしたいのだが……」

カリストさんがそう言ってくれたのを、ただ話をしただけでお礼なんて、と思ったのだけど……

一個だけ、今欲しいものがあった。

「その、カリストさん、私は今日お金を持っていなくて後悔しました」

「ん？　どういうことだ？」

「今日はお父様に家から追い出されて、ここで野宿するつもりなのですが」

「待て、追い出された？　こんな夜中に男爵令嬢が？」

「あ、はい、まあそれはいいんですが」

「いや、よくはないと思うんだが……すまない、話を止めてしまったな」

「はい、それで夕食も食べられずに追い出されてしまったもので。テントや衣服は錬金術で作れるのですが、食事は作れないので買うしかないのです」

「ふむ、だがお金がないので食事をしていないと？」

「はい、だからお腹が空いて眠れず……よければ食事代をいただけませんか？　お話の対価に合っていないのであれば、私が今持っている素材で道具などを作って、それと引き換えでも構わないのですが」

「いや、食事代くらいは問題ない」

カリストさんは快く頷いてくれた。

なんて優しい人なんでしょう……！

「あ、ありがとうございます！」

「だがちょっと気になるのだが、今持っている素材で何が作れるのだ？　見たところ、素材はそんなに持っていないようだが」

「鞄の中に圧縮した素材が入っております。今作れる高価なものでしたら、ポーションなどでしょうか」

「ポーション？　まさかそんなものが作れるのか？」

「はい、作りましょうか？」

「……いや、貰《もら》うわけにはいかないから大丈夫だ。だが本当に作れるのか？」

「もちろん、素材があるので」

「そうか……普通は素材があるだけで簡単に作れるようなものではないと思うのだがな」

その後もカリストさんが小さく呟《つぶや》いていたが、私の耳には聞こえなかった。

なんて言っているのか聞こうとしたとき……私のお腹から、ぐぅぅーという大きな音が鳴った。

「……」

「……ふっ、では食事を買いに行こうか。夜遅いがまだ売っているところはあるだろう」

「すみません、ありがとうございます……！」

は、恥ずかしい……！

絶対にカリストさんにも聞こえたはずだ、それで気づかないふりをしてくれたのがなおさら恥ずかしい。

私とカリストさんは上着を着てからテントの外に出て、商店街の方へと歩いていく。

「食事を買ったらテントに戻るのか？」

「はい、朝までテントで過ごすつもりです」

「本当に一晩、野宿するのか。今はテントだけを残しているが、大丈夫なのか？」

「はい、私以外に入り口を開けることはできませんので。テントを奪うことも壊すことも難しくしてあります」

「なるほど、さすがだな。おそらく大丈夫だろうが、気をつけてくれよ」

「はい、お気遣いありがとうございます」

カリストさんは優しい人ね。だけどなぜかまたフードなどで顔を隠している。

もう日も沈んで真っ暗、街灯の光だけしかない中で、フードを被るなんて。

よほど見つかりたくない相手がいるのかしら？

そういえば、私は野宿するために路地裏の広場に来たけど、カリストさんはなぜあそこに来たのだろう？

「カリストさんはなぜあの路地裏の広場に来たのですか？　何か予定があったのでは？」

「ん？　いや……正直に言うと、君を追っていたんだ」

「えっ、私を？」

「ああ、君が路地裏に入っていく前に、すれ違ったことを覚えているか？」

「あ、はい、覚えています。ちょうどここら辺ですよね」

私は商店街の方まで歩いてきて、確かここら辺でカリストさんとすれ違ったのを覚えている。

今も着ているけど、とても高級そうなコートを着ていたから、私のテントに来たときはすぐに気づいた。

「勘違いしないでほしいが、すれ違った女性を全員追いかけているわけじゃないぞ」

「ふふっ、それだったら怖いですね」

まだ会ったばかりで短い時間しか喋《しゃべ》ってないけど、カリストさんがそんなことをする人ではないことはわかる。

「本当に違うからな？　ただこれは感覚で、上手く説明しづらいのだが……すれ違ったときに、勘が働いたのだ。今の女性を追いかけたほうがいい、と」

「勘、ですか？」

「ああ、勘だ。だから説明しづらいが、私は自分の勘を結構信じていてな。時間もなかったが、追いかけたのだ」

「なるほど……」

勘か。よくわからないけど、私も錬金術をやっているときに勘で適当に作ったものが、今までにない出来になったことがある。

カリストさんとは違う勘だけど、そういうこともあるのだろう。

「その勘はどうでした？　良い結果になりましたか？」

「もちろん、アマンダという素晴らしい錬金術師に出会ったのだから、勘に従ってよかった」

「それは光栄です」

私もカリストさんと話しているのは楽しかったから、彼が来てくれたのは嬉しかった。

それに……今から食事を奢《おご》ってもらうしね。

商店街で夜遅くまでやっている出店のところへ行き、いくつか食べ物を買った。

「本当にありがとうございます、カリストさん。これで空腹で朝まで眠れない、ということはなくなりそうです」

「そうか、それならよかった。では俺はこれで自宅へ帰るとするよ」

「はい、わかりました」

私が頭を下げてお礼を言って、カリストさんとはここで別れると思ったのだが……。

「アマンダ、最後に一つだけ質問を」

「なんでしょう？」

カリストさんはフードを被っているが、私は近くで下から顔を覗《のぞ》き込む形なので表情が見える。

彼はとても真剣な表情で、私に問いかけてきた。

「君は今の職場、モレノのところでは満足できていないのだろう？　なぜ辞めないんだ？」

「私も辞めたいのですが、お父様がモレノさんと知り合いのようで……いつもは私のことなんて気にしないのに、なぜか職場を辞めることだけは断固反対してくるのです」

「ふむ、なるほど……それなら、辞められるのなら辞めたいと？」

「はい、もちろん」

もうモレノさんのところでは満足に錬金術もできないし、同じものを作り続けるのはつまらない。

「それならアマンダは、次の職場を探すのか？　当てはあるのか？」

「いえ、今のところは全くないです。どこか良いところがあればいいのですが……」

「君の良いところ、という具体的な労働環境は？」

なぜここまで聞いてくるのだろう？

よくわからないけど、改めて次の職場に求めるものを考えてみる。

「そうですね……錬金術の研究、開発が思う存分にできるところですね」

「なるほど、他には？　給金や待遇は？」

「お金は特に求めてないですね、今日みたいなときに食事を買えるくらいあれば。待遇で言うと……できれば、住み込みができるところがいいですね。それと錬金術の研究や商品の開発が思う存分できて、素材なども揃《そろ》っているような」

家族には嫌われているので、一人暮らしをしたほうがお互いのためになると思う。

亡くなったお母様に「錬金術だけじゃなくて他のこともしっかり頑張るのよ」と言われていたので、家事などは全く問題ない。

錬金術の研究もいっぱいしたい、素材も揃っていれば研究も捗《はかど》るだろう。

まあこの条件が揃っているような職場なんて、ほぼないだろうけど。

「ふむ、なるほど……わかった。答えてくれてありがとう」

「いえ、これくらいは構いませんが……」

なんでこんなことを聞いてきたのかよくわからない。

「じゃあ、今度こそ帰るか。アマンダ、また今度会おう」

「はい、カリストさん。またいつか」

「ふっ、いつかというほど遠い日にはならないと思うぞ」

「えっ？」

カリストさんは不敵な笑みを浮かべていた。

「すぐにわかる。じゃあな、アマンダ」

「あ、はい……」

カリストさんは最後に謎を残して、夜の闇の中へと消えていった。

遠い日にはならない、って……またすぐに会うってこと？

なんでそれがわかるのかしら？　カリストさんの方から、私に会いに来るのかしら？

それなら大歓迎だけど……最後の含みある言い方は、何かありそう。

何があるのかわからないけど、とりあえず。

「テントに戻ってご飯を食べましょう」

私は持っている食事の良い匂いに堪えながら、テントに戻った。

食事をしながら、カリストさんについて考える。

最初テントに来たときはどんな人かと思ったが、とてもいい人でよかった。

だけどいろいろと不思議な人だったわね。

私の仕事環境を聞いてきたり、服も高価なものに見えたし、そのうえどこか気品がある人だった。

それに錬金術にも詳しそうだし、ヌール商会のモレノさんについても知っていた。

どこかの商会に勤めている方かしら？

あまりわからないけど、また会って話してみたい。

美味《おい》しい食事もいただいたことだし。

カリストさんに感謝しながら、心地よくゆっくりと眠った。


翌日の朝、私はナルバレテ男爵家の屋敷に戻る。

帰ってすぐに玄関で出会ったのは、学院に行こうとする妹のサーラと、それを見送るパメラ夫人だった。

「あっ、アマンダお姉様、おかえりなさいませ。もう帰ってこないと思ってましたわ」

「サーラ、おはよう。それとただいま、一晩出ていけと言われただけだから、帰ってくるに決まっているでしょう？」

「寒い夜の中、凍え死んだのではと心配しておりましたの。ねえ、お母様」

「ええ、帰ってこなければよかったのに」

妹のサーラはまだ直接的に嫌味を言ってくるわけじゃないのだが、パメラ夫人は悪意を全く隠さずにぶつけてくる。

今もサーラは嘲笑的な笑みをしているが、パメラ夫人は不快そうな顔を隠さずに私を睨んでいる。

「パメラ夫人、ただいま帰りました。私もすぐに仕事へと出かけますが」

「ええ、早く私の前から消えなさい。同じ空気を吸っていると思うだけで吐き気がするわ」

とても口が悪いパメラ夫人。男爵夫人の振る舞いとしては最悪だけど、私の前だけだから問題ないのかしら。

「はい、私も早く職場へと向かいたいです。ここよりかは空気が良いと思いますので」

まあモレノさんが厄介だけど、それでも錬金術ができるという一点だけで、男爵家の屋敷よりかは居心地がいい。

「それなら早く行きなさい。目障りよ」

「はい、行ってきます。サーラも、学院の勉強頑張ってね」

「お姉様に言われるまでもないわ」

そんな冷たい家族の言葉を交わしてから、私は準備をして職場へと向かった。

はぁ、またつまらない仕事が始まるわ……いつまでやればいいのかしら。

絶対に仕事を辞めたいけど、次の職場も決まっていない。

せめて次の職場を決めてから、またお父様に辞める話をするべきかしら。

そんなことを考えながら、だけど仕事が忙しくて実行できずにいたのだが……。


私が野宿をした日から、三日後の夜。

その日の仕事は、なぜかモレノさんが午後からいなくなったため、久しぶりに定時で上がれた。

だから久しぶりにストレス発散もかねて、思う存分に錬金術の研究でもしようかな、とか思いながら屋敷に帰ったのだが……。

屋敷の前に、とても豪華な馬車が停《と》まっていた。

男爵や子爵などではない、もっと上の貴族の方が使うような馬車だ。

どなたが来ているのかしら？

そんなことを考えながら屋敷の中へ入ると、私と話してくれる唯一のメイド、イーヤが慌てたように近づいてきた。

「アマンダお嬢様！　お嬢様にお客様が来ております！」

「私にお客？　え、もしかして前に停まってた馬車って……」

「は、はい、お嬢様のお客様の馬車です」

嘘《うそ》でしょ!?

私、あんな身分の高そうな知り合いなんていないけど!?

それで、私が帰ってくるまで待たせていたってこと!?

「ど、どこにいらっしゃるの？」

「応接室です！　当主様や男爵夫人、サーラ様もお待ちになってます！」

私以外の家族が総出で対応しているの？

おそらくそれだけの貴族の方ってことね。

私は着替える間もなく、すぐに応接室へと向かった。

応接室に着くと、ドアの前にいる執事の方が私の姿を確認してから、「アマンダお嬢様が帰って参りました」と部屋の中に声をかけた。

すぐに「入れ！」とお父様の慌てた声が聞こえてきて、執事がドアを開けてくれる。

そして中に入り、私は待っていた人を見て声を上げてしまう。

「えっ、カリストさん……⁉」

応接室の奥のソファに座っていたのは、私が野宿をした夜、一緒に話したカリストさんだった。

カリストさんの後ろには執事の男性が一人、騎士の方が一人いた。

二人とも男爵家の者ではないことは確かで、カリストさんの配下というのがわかる。

「やあ、アマンダ。久しぶりだな」

ニヤリと笑ったカリストさん、あの夜の最後に見せた笑みと全く同じだった。

私は状況がよくわからずに呆然《ぼうぜん》としてしまったが、カリストさんの対面に座るお父様が話し始めた。

「カ、カリスト様、娘のアマンダをお呼びとのことでしたが、娘が貴方様《あなた》に粗相をしましたでしょうか？」

自分よりも偉い人に気に入られようとするような、機嫌を窺《うかが》うような声だ。

はっきり言ってダサいというか、みっともない声って感じね。

「……」

お父様の言葉にイラついたのか、私に向けていた笑みから打って変わって、とても冷たい表情になるカリストさん。

お父様が真ん中で左右にパメラ夫人、サーラが座っている。

私が座るところはないので、とりあえず入り口あたりに立っていた。

「そ、その、娘のアマンダの方は我がナルバレテ男爵家でも無能でして、サーラはとても優秀で愛らしいと評判なのですが……アマンダが粗相をしたのなら、本当に申し訳ございません！」

お父様が私のことで頭を下げている……という感じだけど、あれはただ自分が、男爵家が助かりたいから頭を下げているだけね。

男爵家の当主としては正しいのかもしれないけど、親としては最低。

「……例えば、アマンダが俺にとんでもない失態をした、と言ったらどうする？」

カリストさんがとても冷たい声でそう言い放った。

というか……え、まさか本当に、私がカリストさんに粗相を？

お父様がこれだけカリストさんに下手に出ているということは、男爵家よりは上の爵位、子爵か伯爵……さらに上の侯爵ということもあるのかしら？

そんな方に私は……食事代をせがんでしまったの!?

こ、これは確かにとんでもない失態だわ……！

するとお父様が私の方をチラッと見て、「余計なことを……！」というような表情で睨んできた。

どうやらお父様も、私が失態を犯したと思ったようだ。

「そ、それならアマンダを煮るなり焼くなり、好きにしてください！　ナルバレテ男爵家の恥、無能なので……アマンダの身一つを、どうぞお好きに！」

「ほう？　アマンダを好きにしていい？」

「は、はい！　アマンダをカリスト様に捧《ささ》げますので、男爵家には手を出さないでいただきたく……！」

お父様がソファの前にあるローテーブルに当たるほど頭を下げる。

一緒に座っているパメラ夫人とサーラも「お願いします！」と言って頭を下げた。

なんというか、本当に私はナルバレテ男爵家の一員として数えられていないのね。

もともとわかっていたけど……こうまで言われると、少しだけ寂しい思いがある。

私が何も反応をせずに立ったままでいたら、お父様が後ろにいる私に怒鳴ってくる。

「おい、お前も頭を下げろ！　お前がカリスト様に粗相をしたんだから、お前が生贄《いけにえ》になるだけで済むように——」

「黙れ」

お父様の言葉を、カリストさんが怒気を込めた声で制した。

「ひっ……も、申し訳ありません！」

「静かにしていろ、俺をさらにイラつかせたくないのであればな」

「は、はい……！」

お父様は小さく返事をして、また頭を下げたまま固まった。

隣に座っているパメラ夫人とサーラも頭を下げたまま震えている。

三人の情けない姿が見られて少し胸がスッとするけど……お父様の言う通り、私も頭を下げたほうがいいのかしら……。

「私が聞いたことだけに返事をしろ、ジェム・ナルバレテ男爵。アマンダを、好きにしていいと言ったな？」

「は、はい、言いました」

「その言葉に二言はないな？」

「はい、もちろんでございます」

「ふむ、では……アマンダが、ヌール商会からすぐに退職できるように手配しろ」

「……はい？」

カリストさんの言葉に、お父様が顔を少し上げて気の抜けた返事をした。

私もカリストさんの命令のような提案に驚いた。

「なんだ？　できないのか？」

「も、もちろんできますとも！　ええ、カリスト様のお言葉に逆らうことはありません！」

「そうか。それとアマンダの一人暮らしの許可と、俺が運営する商会に錬金術師として就職する許可が欲しいな」

「えっ!?　ア、アマンダが、カリスト様の……ファルロ商会に、ですか!?」

「無理なのか？」

「で、できますが……」

お父様がとても驚いている様子だが、私もそれに負けず劣らず驚いていた。

ヌール商会から退職できて、一人暮らしが許されるようになって、次の職場にすぐに就職できるようにしてくれているの？

それに、ファルロ商会？

そこって帝国でも一、二を争うほど大きな商会で、貴族とか平民とかにかかわらず誰でも使える道具を多く出しているところじゃなかった？

カリストさんが、ファルロ商会を運営している？　それってまさか……。

「い、いいのですか？　アマンダは無能で、仕事もとても遅くて、ファルロ商会に適した人材とは到底思えませんが」

お父様がそう言うと、カリストさんの眼光がさらに鋭くなった。

「ファルロ商会の会長である俺の意見に、物申すのか？　それほどの価値があると？　お前の意見に？」

「め、滅相《めっそう》もありません！　出来損ないの娘ですが、こき使っていただけたら幸いです」

「……もういい。許可が取れたのなら用済みだ。あとで正式な契約書を持ってこさせるから、そのつもりでいろ」

「か、かしこまりました！」

テーブルに頭をくっつけている体勢が様になってきたお父様。

「わかったなら出ていけ。ここからはアマンダと二人で話すことがある」

「は、はい！」

お父様が様になっていた姿から立ち上がり、パメラ夫人とサーラを連れて応接室を出ていった。

出ていく際、三人から睨《にら》まれたりしたが、いつも以上に気にならなかった。

三人が出ていってから、応接室の中が一度静まり返る。

「アマンダ、改めて久しぶりだな。邪魔者もいなくなったから、座ってくれ」

「あ、はい」

カリストさんにそう促されて、私はソファに座った。

まず、私がすることは……。

「カリストさん、いえ、カリスト様。この度は私が大変ご迷惑をおかけして申し訳ございません」

「待て待て、なんでアマンダが謝っているんだ？」

私がお父様と同じような体勢で謝ろうとすると、寸前でカリストさんが止めてきた。

「えっ、だって私が失態を犯したから、カリスト様が男爵家まで文句を言いに来たのでは？」

「いや、違うが。なんでそう思ったんだ？」

「さっき『アマンダが俺にとんでもない失態をした』とおっしゃったではないですか」

「……あれはナルバレテ男爵の言質を取るために、適当に言った言葉だぞ」

えっ、そうだったの？　それにしては真に迫っていた気がするというか、とても怒っていたように見えたけど。

「それにアマンダが俺にした失態は別にないだろう？」

「食事をせがんだこととか……」

「それは俺がアマンダの話を聞いたり錬金術の腕前を見た対価で、全く問題はない。むしろあれくらいじゃ足りないくらいだった」

「それならいいのですが……」

だがそれなら、まだいろいろと疑問が残っている。

というかまず、カリスト様は何者？

だいたい想像はできているけど……。

「その、カリスト様ってどういう方なのでしょう？　ファルロ商会の会長、と言ってましたが……」

「ああ、まだ言ってなかった。そろそろ家名も言おうか」

やはり家名があるということは、貴族の方ということね。

それにお父様が頭《こうべ》を垂れてゴマをするような相手、ということは……。

「カリスト・ビッセリンクだ。一応、侯爵家だな」

「……こ、侯爵様？」

「ああ、そうだ」

ほとんど社交界に出ない私でもビッセリンク侯爵家は知っている。

帝国の中でも数少ない最上位の貴族でとても有名だ。

男爵家よりも上の爵位の方だろうと思っていたけど、まさか侯爵だとは……！

そんな有名なビッセリンク侯爵家のカリストさん、いやカリスト様が、なぜここにいるの⁉

「し、失礼しました。知らなかったとはいえ、無礼な態度を取っておりました」

「いや、俺がわざと隠していたのだからな。謝る必要などない」

確かにそうだったけど、私も気づくべきだった。

ビッセリンク侯爵家の方を見て気づかない貴族の令嬢なんて、私くらいだろう。

ここ数年、全く社交界に出ていないから。

「こちらこそ申し訳ないな、アマンダ。君の意見をほとんど聞かず、職場や一人暮らしを決めさせて」

「いえ、それは全く問題ないというか、むしろとても嬉しいことなのですが……なぜこんなことを？」

私は確かに、カリスト様に「今の職場を辞めたい、一人暮らしをしたい」という望みを言った。

だけどなぜ侯爵家のカリスト様が、私のためにこんなに動いてくれたの？

「理由は一つ、俺がアマンダを気に入ったからだ」

「……はい？」

カリスト様がニヤリと笑って言った言葉に、私は驚いて目を丸くした。

するとカリスト様の後ろに控えていた執事の方が、「カリスト様」と口を挟む。

「そのような言い方をしてはアマンダ嬢が勘違いしてしまいます。貴方様は侯爵家の当主、不用意な発言はお控えください」

「わかっている、今のはただの冗談だ。いや、ある意味冗談ではないのだがな」

「カリスト様？」

「はいはい、キールはいつも通り厳しいな。だから先日はお前からバレないよう、馬車から抜け出したのだが」

「もう一度説教を食らいたいですか？」

「嫌に決まっているだろ。それに俺が抜け出したお陰で、これほど素晴らしい錬金術師に出会うことができたのだ」

よくわからないが、カリスト様はキールという執事の方に頭が上がらないようだ。

そして私を気に入ったというのは女性としてではなく、錬金術師としてということだろう。

「アマンダには申し訳ないが、ここ数日で君のことを調べた。実母が亡くなっていること、家では今のように家族に嫌われていること、そして……とても優秀な錬金術師だということを」

さすが侯爵家、一人の男爵令嬢を調べるのに数日で足りるのね。

だけどとても優秀な錬金術師、というのはどうなのだろうか。

「その評価はありがたいですが、身に余る評価かと……」

「いや、それはないだろう。ヌール商会を調べたが、ほとんどが君のお陰で成り立っているような商会だ。しかも君の才能を活かしきれていないにもかかわらず」

えっ、そうなの？　ヌール商会ってそんなに小規模な商会だったかしら？

「だからこれは少し手荒いが、引き抜きだ。優秀な錬金術師を囲ってしまおう、というな」

「そう、なのですか？」

「いろいろと手回しをしたが、必要なかったたな。ナルバレテ男爵家の当主が馬鹿でよかった。アマンダほどの逸材を手放すとはな」

いや、あれはカリスト様がかなり脅していたからだと思うけど……。

「だがアマンダ、まだ君の意思を聞いていなかった。勝手に決めてしまったが、まず君はヌール商会から退職し、一人暮らしすることが決まった」

「はい、ありがとうございます」

本当にそれは嬉しい、私はこれで自由になれた。

「そして、アマンダ。ぜひ、俺のファルロ商会で働かないか？」

カリスト様が真《ま》っ直《す》ぐに私の目を見つめて、真剣な表情で勧誘してきた。

「給金も男爵家に奪われることはないし、家も今すぐにでも住めるように準備済みだ。アマンダは錬金術の研究、開発がしたいとのことだったので、その役職も用意している」

そ、そんな好待遇を……!?

給金については衣食住が問題なければなんでもいいけど、研究と開発ができる役職を用意されているなんて。

しかもファルロ商会だから、魔道具の開発をするための素材がどれだけ用意されているのか……！

だけど、本当にいいのかしら？

「とても嬉しい話なのですが、私のためにそんなにいいのですか？　カリスト様とは一回しか会っておらず、そこまでやっていただくと恐れ多いのですが……」

私が申し訳なさそうに言うと、カリスト様は笑みを浮かべながら答える。

「このくらいは大した労力じゃない、優秀な錬金術師を引き抜こうとしているのだから、普通だったらもっと大変だと思っていたが」

「私にそれほどの価値を見出《みいだ》してくれているのは、なぜなのでしょうか？　特に今まで目立った功

「学院を首席で卒業し、ヌール商会をほぼ一人の力で成り立たせていたのだ。まあ後半はモレノという奴に功績を奪われていたから、確かにアマンダの功績にはなってないがな」

カリスト様はニヤリと笑いながら続ける。

「それに言っただろ、俺は勘を信じていると。俺の勘が、アマンダを絶対に引き入れろ、とうるさいのだ」

そういえば、あの日の夜もそのようなことをおっしゃっていたわね。

カリスト様は勘で、私を引き入れようとしてくれている。

私も錬金術師としての勘が……いえ、これは勘なんかじゃなく、確信ね。

「私も……ファルロ商会で働いたほうが、絶対に楽しいことができる気がします」

「ふむ、ということは？」

「これからよろしくお願いします、カリスト会長！」

私の言葉にカリスト様がとても嬉しそうな笑みを見せた。

「ああ、よろしく。アマンダならすぐにでも功績を上げてくれることを信じているぞ」

「が、頑張ります」

そこまで期待されているとプレッシャーがすごいけど……。

こうして私は、ヌール商会を辞めてファルロ商会に就職することが決まった。

そしてついでに一人暮らしも。
私の生活がとても楽しいものになっていく、そんな予感がする。

無能と言われた錬金術師

～家を追い出されましたが、凄腕だとバレて侯爵様に拾われました～

✦第一章✦

アマンダの新しい生活

カリスト様がナルバレテ男爵家に突撃してきてから、二時間後。

私はビッセリンク侯爵家の本邸の食堂に招待され、食事を待っていた。

……いや、なんで？

「あの、カリスト様、なんで私はビッセリンク侯爵家の本邸に来ているのでしょうか？」

目の前で同様に座って待っているカリスト様――ビッセリンク侯爵家の当主の方に話しかけた。

「なんだ、嫌だったか？」

「嫌とかではなく、なぜなのかというか……」

「アマンダはまだ食事をしていないだろう？　それなら一緒に食事をしたほうがいい」

「侯爵家の当主様と食事をするのはとても緊張するのですが」

「数日前に俺に食事をせがんでいたが？」

「そ、それは侯爵様だって知らなかったからです！」

「ふふっ、冗談だ。一人で食べるのは味気なかったから、一緒に食べてくれると嬉《うれ》しい」

ニッと笑ってそう言ったカリスト様。

私もいつも一人で朝昼晩食べているから、誰かと一緒に食べられるのは嬉しい。

だけど……。

「使用人の方々に見られていたら、少し食べづらいのですが……」

食堂の壁際にメイドや執事が数人待機していた。

カリスト様の後ろには執事のキールさんもいる。

「私たちのことは気にせずに、アマンダ様」

「そうだ、アマンダ。こいつらのことは置物だと思っていい」

「それは無理があるのですが……」

男爵家にいた全使用人をすでに超えている人数が周りにいる。

食堂で食事をすることも最近は全然なかったので、それだけでも居心地が悪いのに。

あっ、使用人といえば……。

「カリスト様、一つお願いがありまして」

「なんだ？」

「ナルバレテ男爵家に一人、私とよく話してくれる使用人がいまして」

「話してくれる使用人？」

「はい。あっ、家の使用人は私と話しちゃいけなかったんです、お父様やパメラ夫人がそう決めていたので」

「……なるほど、そこまで調べはついていなかったな」

不快そうに眉をひそめるカリスト様。

食事時なのに嫌な話をしてしまって申し訳ない。

「本当は話してはいけないのに、私と話してくれていたメイドのイーヤという方がいるのです。その方を残してあの屋敷を去るのは心苦しくて」

「ふむ、わかった。明日にはそのイーヤというメイドを侯爵家で雇うように手筈《てはず》を整えよう」

「えっ、そこまでしてもらっていいのですか？」

あの家のメイドを辞められるようにしてもらおうと思っていたけど。

それでイーヤが次の職場を見つけるまで、私と一緒に住んでもらって家事などをしてもらい、その分の給金を私が渡すつもりだった。

「ああ、そのくらいは問題ない」

「ありがとうございます。イーヤは二十年ほど使用人の仕事をしておりますので、とても優秀だと思います」

男爵家で私と話した使用人は、ほとんどがお父様やパメラ夫人の怒りを買って解雇されていた。

しかしイーヤが解雇されなかったのは、ひとえに優秀だったから。

私と話した使用人を何人も解雇しても問題なかったのは、イーヤが男爵家の使用人の仕事を何人分もやっていたからだ。

イーヤが辞めたら男爵家は少し大変かもしれないけど……まあ雇う使用人の数を増やせばいいだけだから、問題ないでしょう。

「アマンダ、メイドの件は対応しておくから、食事を終えた後に一つ頼みがある」

「はい、なんでしょうか」

「錬金術を一つ、見せてほしい」

「？　それだけですか？」

私のワガママを聞いてもらうのだから、もっと何か大変な頼みかと思っていたけれど。

錬金術を見せてほしい、つまり錬金術をすることは、私にとってはご褒美だ。

「あとで部屋に素材などを持っていくから、ポーションを作ってほしい」

「ポーションですか？」

「ああ、前に作れると言っていただろう？」

私が答える前に、カリスト様の後ろに控えていた執事のキールさんが言葉を挟む。

「カリスト様、何を言っているのですか？　ポーションとは錬金術師が一時間以上かけて作るものです。もう夜も更けているのですから、今からやっては明日に響きます」

えっ、ポーションって一時間もかけて作るものなの？

もしかして私がいつも作っているポーションって、普通のポーションではなく、全くの別物ってこと？

そ、そんな、今までそんな恥ずかしい勘違いをしていたの？

自分用としてしか作ったことないから、知らなかったわ。

「キール、俺もそのくらいは知っている。だがアマンダ、君ならどれくらいでできる？」

「そ、その、私が作るポーションは、十秒ほどでできますが……」

「なっ!?」

私の言葉に声を出して驚いたのはキールさんだ。

カリスト様も目を丸くして驚いているようだが、少し予想していたかのように笑みを浮かべて頷《うなず》いてもいた。

「そうか、じゃあ後で頼む」

「わかりました」

その後、私とカリスト様の目の前にとても豪勢な料理が運ばれてくる。

まさかここまでの食事が出てくるとは思わず、本当に私が食べてもいいのかと迷った。

だけどカリスト様が許してくれたので、料理人の方に感謝しながら食べた。

本当に、とても美味《おい》しかったわ……。

侯爵様ともなると、これほど美味しい食事を毎日食べているのね、すごいわ。

そんなことを思いながらも、私はカリスト様との食事を楽しんだ。

そして食事を終えて、私は客室に案内された。

「まだ、男爵家にあった君の荷物を、今後暮らす家に運び終わっていないようだ。明日には準備が終わるから、今日は客室に泊まってくれ」

とのことだったのだが……とても豪華な部屋でビックリしている。

赤を基調とした美しい柄が入ったカーペットやカーテン、ソファやベッドは真っ白でとても綺麗《きれい》だ。

　侯爵家って本当にすごいのね……。

　そう思いながら部屋の中で待っていると、ドアがノックされてカリスト様とキールさんが入ってきた。

「アマンダ、待たせたな。ポーションの素材を持ってきた」

「はい、ありがとうございます」

　うん、私がいつも作るポーションの素材と同じだ。

　入れ物も一つだけ用意されている。ここに入れるってことね。

　素材が違ったら少し困ったけど、大丈夫なようね。

「ではやりたいと思いますが、私が作ったこのポーションは誰が飲むのでしょうか？」

「ん？　いや、特には決めてないな。アマンダの実力を改めて見てみたい、と思っただけだ」

「なるほど……」

　私はカリスト様とキールさんの顔を交互に見つめる。

「……なんだ、俺の顔に何かついているか？」

「私の顔にも何か？」

「いえ、何もついていません、失礼しました」

「そうか、それならやってもらえるか？」

「はい、ですが二つほど素材を加えてもいいでしょうか？」

「何か足りなかったか？」

「いえ、傷を治すポーションならこれで足りるのですが、疲れを癒《いや》すポーションがありまして。それを作るためにはもう二つ、素材を加えたいのです」

私がそう言うと、カリスト様とキールさんはまた目を丸くして、顔を見合わせた。

「キール、疲れを癒すポーションって聞いたことあるか？」

「いえ、ありません。ポーションは下級、中級、上級などの効果の差はあれど、全部傷を治すものです」

「俺もその認識だ」

確かに普通のポーションは傷を治すもので、私が前に頬《ほお》を切ったときに作ったポーションはそれだ。

疲れを癒すポーションは私が一人で開発したものだ。

仕事の疲れが本当に溜《た》まったときに飲むのだが、結構効果はあると思う。

「アマンダ、本当に疲れを癒すポーションが作れるのか？」

「はい、ですが私が開発したものなので、他のポーションと比べることはできませんが」

「待て、君が開発した？」

「はい、開発しました」

「……」

カリスト様は少し黙って顎《あご》に手を当てて考えているようだ。

「……それなら、疲れを癒すポーションを作ってくれ。だが素材はあるのか？」

「あります」

私は自分の鞄《かばん》を開けて、小さくした素材を取り出す。

『拡張』

「っ、今のは……」

私が二つの素材を元の状態に戻すと、キールさんが驚きの声を上げた。

「では、作りますね。『解放、定着、純化、抽出──錬成』」

用意してもらった素材、そして私が用意した素材でポーションを二つ作った。

入れ物は一つしかないので、一人分は入れて、もう一つは宙に浮かせたまま『定着』しておいた。

「できました。こちらです」

ポーションを入れたものをカリスト様に渡すと、彼は注意深くそれを眺める。

「これが疲れを癒すポーションか……普通は青色だが、これは緑っぽいな」

「そうですね。それとアマンダ様、そちらの宙に浮いている分は？」

「二人分の量を作ったので。カリスト様とキールさんの分です」

「一人分の素材しか用意していなかったはずですが、二人分を……というか、私の分ですか？」

「はい、お二方はお忙しそうですし、疲れが溜まっているかと思いましたので」

二人はまた同時に目を丸くして、それから口角を上げて笑みを浮かべた。

なんだかさっきから動きが似ることがあるけど、それが少し面白い。

「なるほど、それはありがたいな。なあ、キール」

「そうですね、私の分までありがとうございます。カリスト様、私が先に飲みますね。毒見もかねて」

「別に毒は入ってないだろう？」

「一応です。あなたは侯爵様なのですから」

そういえば勝手に素材を増やしたから、そういう心配もさせてしまったのね。

それは少し申し訳ないわ。

「ではアマンダ様、頂戴いたしますが……これは手で掬《すく》って飲めばいいのですか？」

「はい、そうです」

キールさんは宙に浮いているポーションを掬って、そのまま口元に持っていき一気に飲み干した。

意外と大胆に飲むのね。

「っ、これは……！」

「キール、どうだ？」

「素晴らしい、慢性化していた肩こりがとても楽になりました！」

「ほう、毒はないみたいだな。どれ……」

感動しているキールさんを横目に、カリスト様も飲んだ。

「んっ、これは……なるほど、無自覚に疲れていたのか、重い鎧《よろい》を脱いだかのような爽快感があるな」

お二人とも、自分の身体の調子を確かめるかのように、軽く肩などを回している。

私にだけ効くとかではなかったようで、本当によかった。

「しかし、疲れを癒すポーションか。キール、どう思う？」

「商品化をしたいですが、普通の錬金術師がどれくらいの時間で作れるかによります。普通のポーションで一時間、それに素材を二つ足しているわけなので……二時間はかかるでしょうか」

「わからないが、試す価値は十分にあるな」

えっと、なんだかよくわからないけど、このポーションを商品にして売ろうとしているのかしら？

そんな簡単に決めてもいいの？

私が適当に自分で作ったやつだけど。

「アマンダ、申し訳ないがもう一つ作れるか？　ポーションの素材はこちらで用意するが、追加の素材はまだあるか？」

「はい、ありますよ」

「カリスト様、もう夜も遅いので商品開発の話は明日以降の方が……」

「むっ、確かにその通りだな」

カリスト様は夢中になって考えていたようで、失念していたというように時計を見た。

「私は大丈夫ですよ。いつもこの時間からあと三時間ほどは働いていましたので」

「……そうなると日付が変わる寸前までになるようですが」

「はい、そうです」

キールさんの言葉を肯定すると、彼にため息をつかれた。

「ヌール商会はあなたには過酷な仕事を強いていたようですね」

私には？　私以外にもやっぱり錬金術師の方はいたのね。

「やっぱりやめるか、キール」

「はい、そうしましょう」

「えっ、私は大丈夫ですが……」

「いや、アマンダはゆっくり休んでくれ。今日もヌール商会で仕事をしてきて、それからこの家に来たのだ。疲れが溜まっているはずだ」

確かに仕事をしてから、男爵家でカリスト様の正体を知って、いきなり引き抜かれて侯爵家に来たけど、いつもよりは疲労感は少ない。

十八時頃に仕事が終わるのなんて、とても珍しかったから。

「今日は仕事も早めに終わりましたし、大丈夫ですよ。それに疲れを癒すポーションを飲めば、疲れも取れますし」

「……アマンダ、君はもしかしてあのポーションを使って、ずっと仕事をしてきたのか？」

「毎日は使っていませんよ？　仕事が深夜に入っても終わりそうにないときに、集中力を取り戻すために使っていました」

「普通は深夜まで仕事をやらないのだけどな……」

またカリスト様にため息をつかれてしまった。

「今日は終わりだ。疲れを癒すポーションをアマンダに飲ませないようにするためにな」

「えっ、別に私は大丈夫ですが……」

「そうもいかない。これから君と一緒に仕事をしていくのだから」

「アマンダ様、失礼ですが先ほどのポーションは何か副作用などはないのでしょうか？　通常のポーションでしたら傷が治る代わりに、魔力や体力などが持っていかれることがありますが」

確かに普通のポーションは大きな傷を治すときは、その人が持っている魔力と体力を大きく削ることがある。

だけど私が作ったポーションでは、そういうことはない。

「魔力や体力が削られることはありません。ただ、私も詳しくは調べていませんが、飲んでから数時間は眠れないことがあります」

「ふむ、身体が元気になるから、それで眠れなくなるのか……待てよ、君は深夜前に今のを飲むことが多いと言っていたな？」

「はい、なのでこれを飲むときは仕事が早く終わるけど、寝る時間は少し遅れることが多いです」

私の言葉に、カリスト様とキールさんが顔を見合わせて、頷いた。

「よし、今日は寝ようか」

「はい、そうしましょう」

「えっと、ポーションは作らないのですか？」

「ああ、明日以降で」

「カリスト様、これ以上女性の部屋に留《とど》まっていては失礼かと」

「そうだな。アマンダ、しっかり休むんだぞ。おやすみ」

「お、おやすみなさい」

なぜかお二人はすぐに出ていってしまった。

そんなにポーションを作らせたくなかったのかしら？

よくわからないけど、私はもう少し錬金術をやりたかった。

……一人で素材を鞄から出せばできるけど。

少しやろうかと迷ったけど、部屋のドアが叩《たた》かれた。

カリスト様とキールさんが戻ってきたのかと思ったのだが……。

「失礼します、アマンダ様。カリスト様のご指示を受けて、アマンダ様のご就寝のお手伝いに来ました」

「え、えっと……ありがたいですが、四人も必要なのかしら？」

メイドの方が四人、私の前で綺麗に並んでお辞儀をした。

「はい、これよりアマンダ様には浴場でゆっくり一時間以上浸《つ》かっていただいて身体を休め、その後はお部屋で紅茶を用意しますので就寝前に精神的にも休んでいただこうと思います」

「そ、そんなにやっていただくわけには……！」

「これもカリスト様のご命令です。私たちは背くわけにはいきませんので、カリスト様に何か言うなら明日、直接おっしゃってください」

つまり今日はこのまま、至れり尽くせりの待遇を黙って受けないといけないってこと？

それは嬉しいんだけど、本当にお世話になりっぱなしで……。

「ではまず浴場に行きましょう、アマンダ様」

「は、はい、よろしくお願いします」

その後、私は侯爵家の本気を見ることになった。

「こ、こんな広い浴場を、私一人で使っていいのですか!?」

「すごくいい匂いがするシャンプーですね。えっ、シャンプー以外もあるんですか？」

「お、お風呂の中でマッサージを？　あ、ああ、気持ちいいです……」

「このドライヤーという魔道具は初めて知りました、とても素晴らしいですね」

「温かい紅茶、ありがとうございます……あ、美味しい。茶菓子も？　こちらも美味しいですね」

……はっ！　気づいたら何も考えずに二時間以上もメイドさんたちに任せっきりで、寝る準備ができてしまっていた。

これが侯爵家のメイドさんなのね、すごいわ。

着ている寝間着もとても着心地がよく、寝るのに適している気がする。

「ではアマンダ様、私たちはこれで失礼します」

「はい、本当にありがとうございました」

メイドさんたちが一礼して、部屋から出ていった。

いつもならまだ仕事をしていてもおかしくない時間だ。

だけどお風呂に浸かって紅茶も飲んだからか、眠気がすごい。

ベッドに潜って布団を被《かぶ》り、目を瞑《つぶ》る。

あっ、これはすごいわ……ベッドもすごく柔らかくて身体がそのまま沈んでいきそう。

布団も暖かくて気持ちいい……これは、すぐに眠ってしまうわ……。

久しぶりに、こんなに早く眠るわ、ね……。

アマンダがメイドたちにお世話をされている頃、カリストとキールは執務室で話していた。

「彼女はヌール商会、モレノのせいで普通の仕事の時間の感覚などを知らないようだな」

「徹夜で魔道具を作り続けたこともあったようなので、仕方ないかと。ファルロ商会の開発部ではそのようなことはさせないようにしましょう」

「当たり前だ。俺の商会をあんなクズの商会と同じにしてたまるか」

そんなことを言いながらも、カリストは書類仕事をしていた。

商会の仕事と侯爵家当主としての仕事、それを両立するためには、カリストも仕事をする時間は多い。

だがしっかりと計画的にやっているので、徹夜でやることもないし、休みも普通にある。

執事と秘書を務めるキールもいるので、そこまで無理はしていない。

「しかしあの疲れを癒すポーション、あれは素晴らしいな。集中して仕事ができる」

もう夜も遅いので結構疲れていたカリストだが、今は朝起きて少し仕事をしたくらいの疲労感しかない。

キールも同様だった。

「そうですね。ですが数時間も眠れないのであれば、仕事をするときは夕方までに飲むのがいいかと」

「ああ、そうだな。売るときに使用する際の注意として書いてもいいかもしれない」

そんなことを話しながら仕事をしていくと、やはり集中できたのかいつもよりも早くに終わった。

「これで終わりか。この時間なら軽く晩酌をして眠るのも悪くはないな」

「お供しても？」

「もちろん、酒とつまみでも持ってきてくれ」

「ありがとうございます」

二人はカリストの自室に移動し、二人で晩酌を始める。

いつも通り好きなお酒を飲み、つまみを食べて話す。

話題はやはりアマンダのことが多かったが、仕事の話も軽くする。

「まさかアマンダを手に入れるために根回ししたものが、ほとんどいらなかったとはな」

「はい、あの父親はアマンダ様の価値を全く知らない様子でした」

「知ろうともしていなかったのだ。だがまさかあんな簡単に手放すとはな」

「ええ、それはもう不快なほどに早かったです」

侯爵家の伝手《つて》や力を使って、ナルバレテ男爵家のことを調べた。

父親と母親、娘のサーラの三人は仲が良いが、アマンダだけが虐げられていた。

その情報は知っていたが、まさかあそこまでだとは思っていなかった。

カリストが軽く脅しをかけただけで、娘のアマンダを手放したのだ。

「まあいいだろう、手間が省けた。これからはアマンダがいるのだ、ファルロ商会を大いに盛り上げてくれるだろう」

「私はカリスト様ほどの確信を持っていませんが、今日のポーションは素晴らしかったです。作る速度も、そして効果も」

「だろう？　ふふっ、明日からが楽しみだな。もうアマンダの家の準備はできているのだな？」

「はい、できています。ですが、少し心配事が」

「なんだ？」

「アマンダ様が住んでいた部屋から使っているものを持ってこさせようとしたのですが、ほとんど荷物や家具がなかったようです」

「……つまり？」

「彼女は一人暮らしができると言っていましたが、自分の生活などには無頓着《むとんちゃく》な気がします」

「……まあ、そこも今後確認していこうか」

「かしこまりました」

心配がありつつも、今後のアマンダとの仕事が楽しみではあるカリストだった。


私はとても気持ちいい眠りから、ゆっくりと意識が起き上がってきた。

なんで今日はこんなに気持ちいい目覚めなんだろう、いつもはもっと疲れが取れずに起きるのが嫌になるくらいなのに。

ボーッとしながら身体を起こして、手元にある時計を確認した。

……えっ？

時計の針は十一時を指しており、私は寝ぼけていた目を見開いた。

ひ、昼前？　日も差しているし夜じゃないってことは、昼前の十一時ということよね？

長く寝すぎたわ……！

これじゃモレノさんに怒られる！　というかここまで長く眠っているなんて、いつもだったら家族の誰かが怒鳴り込んでくるはずだけど……！

そこまで考えて、私はハッとして周りを見渡す。

周りは見慣れた私の部屋ではなく、全く見慣れない豪華な部屋。

そして寝ているベッドはふかふかで、このせいでずっと眠っていたようだ。

一瞬だけとても焦ったが、ようやく思い出した。

私は侯爵家に、引き抜かれたんだったわ。

起きて部屋から出ようとドアを出たところで、メイドさんに見つかった。

メイドさんは「おはようございます」と一礼し、すぐに朝の支度をしてくれた。

私が自分でするると言っても、「私たちの仕事なので」とてきぱきとやってくれた。

子供の頃にはメイドさんに支度をしてもらったけど、久しぶりにこうして令嬢のような扱いを受けて、少し戸惑っている。

支度を終えると、朝昼兼用の食事が準備されているとのことで、食堂でそれをいただく。

とても美味しく量も多い食事を食べていると、食堂にカリスト様が入ってきた。

「あっ、おはようございます、カリスト様、キールさん」

「ああ、おはよう。もう昼時だがな」

「うっ……」

「おはようございます、アマンダ様」

そうだった、私は起きてから一時間ほどしか経《た》ってないから、挨拶の仕方を間違えてしまった。

キールさんは何も言わず笑みを浮かべて挨拶をしてくれたが。

「な、なぜ起こしてくれなかったのですか？」

「とても疲れている様子だったからな。自然に起きるまで寝かせておいたんだ。昼を過ぎても起きなかったら起こすつもりだった」

「もっと早く起こしてくださってもよかったのに」

「気持ちよさそうに寝ていたらしいからな」

ニヤッと笑ったカリスト様に、私は頬を染めて視線を逸《そ》らす。

なんだか自分で起きられない子供のようで恥ずかしいわ。

「アマンダ、これから魔道具の開発部のもとへ向かってもらうが、大丈夫か？」

「っ、はい、もちろんです！」

カリスト様の言葉に私は大きく頷く。

ファルロ商会の開発部なんて、私が一番就きたい職場だろう。

今まではただ魔道具を大量生産していただけで、錬金術の研究や魔道具の開発は全然できなかった。

これからはファルロ商会という大きなところで、思う存分にやりたい仕事ができるのだ。

「ふふっ、それだけやる気に満ち溢《あふ》れているなら期待できそうだ。だが今後は朝の九時ぐらいからは仕事をするようにな」

「うっ、今日は長く寝すぎてしまい申し訳ないですが……というか、九時ですか？」

「ああ、そうだ」

「そうなんですね……」

「……始まるのが遅いな、と思っているようだが、これが普通だからな」

「あ、そ、そうですよね」

私はいつもモレノさんのヌール商会では、朝六時には出勤していたから。

それが当たり前ではないというのは知っていたけど、やはり二年間もやっていたからそれで慣れてしまっている。

六時出勤、二十二時に退勤……ができれば嬉しいくらいだった。

二十四時を超えるときもあったしね。

「あとで職場の場所を教えるからそこへ向かってくれ。開発部長には話してある」

「わかりました」

「それと君の住居の準備も終えたようだ、そこも場所を教えるから仕事が終わったら確認してくれ」

「はい、ありがとうございます」

私がお礼を言って話が途切れると、キールさんがカリスト様に後ろから話しかける。

「カリスト様、お食事中に失礼します。今度のアレはどうしますか？」

「……はぁ、食事中にその話は避けてほしいが」

カリスト様は顔をしかめて、食事の手を止めてため息をついた。

「申し訳ありません。ですがもう一週間後に迫っております。早急に相手を決めないと、あちらも準備がありますので」

「わかっている。だが俺も心の準備がある」

「男の方の心の準備なんて、あちら側は配慮しませんよ」

「……面倒だな」

なんだかよくわからないが、カリスト様は本当にめんどくさそうにしている。

一週間後に何かあるのかしら？

「お前の方で適当に見繕うのは？」

「それで前にカリスト様に怒られたので無理です」

「あれは怒るだろ、相手が悪すぎる」

「書類だけでは性格までわからないのです。だからカリスト様が決めてください」

「はぁ、わかったよ。あとでな」

「絶対ですよ」

後ろからジト目で睨《にら》んでいるキールさん、それを適当にあしらうカリスト様。

仲が良さそうで微笑《ほほえ》ましいわね。


数時間後、私は侯爵家の屋敷を出て新しい職場へと向かっていた。

こんな昼間に外にいるのは久しぶりな気がするわ。

いつも人がいない朝に商店街を抜けて職場へ行って、同じく人がいない夜に男爵家へと帰っていたから。

確かこのあたりに、ファルロ商会の看板が……あったわ。

商店街を外れた場所にある、塔のような建物。

そこがファルロ商会の開発部や魔道具製造部などが入っている職場、つまり私がこれから働く職場ね。

塔の中に入るといろんな人が行き交っていて、とても忙しそうだ。

だけど全員が健康そうで、これだけで私の前の職場とは違うことがわかる。

入り口を入ると正面にカウンターがあり、そこで受付をしている女性に近づく。

私が近づくのがわかって、女性は笑みを浮かべて話しかけてくれる。

「こんにちは、本日はどのようなご用件でしょうか？」

「あの、本日より開発部に所属することになったアマンダ・ナルバレテです。こちら、証明書です」

私はカリスト様にいただいた証明書を出した。

証明書にはカリスト様のサインとビッセリンク侯爵家の印鑑がある。

「っ、あなたがアマンダ様ですね。お待ちしておりました。三階の奥の部屋が開発部の部長の部屋となっていますので、そちらへまずご挨拶をお願いします」

「かしこまりました、ありがとうございます」

とても丁寧に説明されて、私はお礼を言ってから階段で三階に向かう。

三階は部屋がいくつもあり、それぞれから錬金術ならではの臭《にお》いなどがする。

ああ、なんだか久しぶりにこの臭いを嗅いだ気がするわ。

錬金術を研究したりする感覚を思い出して、気分が上がってくる。

とてもワクワクした気持ちで開発部部長の部屋のドアをノックする。

「失礼します。本日より開発部に所属するアマンダ・ナルバレテです」

ドアの外からそう声をかけたのだが……中から返事がない。

いないのかしら？

そう思いながらもう一度ノックしようとしたところで、中からバタバタとドアに近づいてくる音が聞こえて、バンッと勢いよくドアが開いた。

部屋の内側にドアが開く仕様だったからよかったけど、外側に開く仕様だったら私が危なかったわね。

「君がアマンダか！　カリスト様から聞いているよ！」

ドアを開けたのは男性だった。

赤い髪に赤い瞳、人懐っこい笑みを浮かべている優しそうな男性。

私よりも少しだけ身長が高いけど、男性の中では少し身長は低いほうだろう。

服装は開発部の部長らしく、白衣のようなものを羽織っている。

「僕はオスカル・パトリオット。みんなからはオスカルと呼ばれたり、魔道具バカとか呼ばれているよ」

「は、はぁ……」

「なんて呼んでくれてもいいよ。バカでもアホでも」

「オ、オスカルさんでお願いします」

「いいよ、じゃあ僕もアマンダさんでいいかな」

「はい」

ニコッと笑って「じゃあ入って入って」と言って中に入れてくれるオスカルさん。

勢いがすごい人だけど、悪い人ではなさそう。

中では魔道具の開発をしているようで、書類などはほとんどなく、実験器具などが置いてあった。

見慣れない道具も置いてあるけど、あれは試作品なのかしら。

「散らかっててごめんね、今ちょうど実験をしてたんだよ」

「大丈夫です、こちらこそお忙しいところすみません」

「いやいや、本当にそうだよ。忙しい原因が目の前に来ちゃってね」

「えっ？」

怒っているのかしら？

だけど私と視線を合わせてずっとニコニコしているけど……。

「私がその、忙しい原因ですか？」

「もちろん！　カリスト様から聞いたよ、君の疲れを癒すポーション」

オスカルさんはそう言いながら、テーブルの上にある液体が入った容器を手に取る。

「今日の朝に聞いたんだけど、どうやればいいのか全くわからない。素材を二つ追加したらしいけど、それだけで傷じゃなくて疲れを癒すポーションになるの？　好奇心が抑えられず自分で実験したけど、全くできないよ」

「えっと……」

「ねえ、作ってみせて」

オスカルさんはニコニコと笑いながらも、私がどれだけできるかを見抜きたい、というような視線を送ってきていた。

「わかりました」

私はその目を見て息を呑《の》んだが、やることは変わらない。

そう返事をしてから、私は部屋にあるポーションを手に取った。

「こちらを借りても？」

「えっ、いいけど……まさか既製品のポーションから、新しく作れるの？」

「はい、できます」

「うっそ……」

目を見開いて驚いているオスカルさんだが、とても楽しそうに笑っている。

「では、作りますね」

「うん、どうぞ」

私は持ってきた鞄から素材を二つ取り出す。

普通のポーションにこれを一定の量だけ混ぜれば、疲れを癒す緑のポーションになる。

既製品の青のポーションから作るのは難しいけど、できないことはない。

「『拡張』」

小さくしていた素材を大きくする錬金術特有の魔術を使うと……。

「あ、あの、近いんですけど……」

「ん？　ああ、ごめんごめん」

私の手元や素材を横から凝視してくるオスカルさん。

謝っているけど、全く退《ひ》く様子はないようね。

問題はないけど、少しだけやりづらい。

「『解放、定着、純化、抽出、抽出――錬成』」

すでに出来上がっている青のポーションに混ぜ合わせるように、追加の素材から必要な分を抽出して錬成していく。

既製のポーションから作ったからいつもよりも時間がかかったけど、完成した。

「こちらです」

「飲んでいい!?」

「ど、どうぞ。ですが先に私が試飲とかは……」

すごい勢いで私の手から容器を取ったオスカルさんにそう問いかける。

昨日、カリスト様に飲んでもらうときは、毒見をキールさんがやっていた。

だからよくわからないものを、いきなりファルロ商会の開発部部長のオスカルさんに飲んでもらうわけにはいかないと思ったのだが……。

「僕が作ったポーションに二つの素材、ケンゲン草とルノア草が加わっただけでしょ？」

「っ、そうです」

「じゃあ大丈夫でしょ、どうやっても毒物が入ってないから」

まさか素材を一瞬見ただけで、その種類を的確に当てるとは。

さすがファルロ商会の開発部部長だ。

「いただきまーす」

……彼にとって得体の知れないポーションを嬉々《きき》として飲む姿は、そうは見えないけど。

ごくごくと飲み込み、目を瞑って自身の身体での効果を確認しているようだ。

「傷を治す効果はないね、そもそも青のポーションは傷口に直接かける使用法だ、飲むと一気に治すこともできるけど効果は半減する。だけどこれは飲んで疲れを癒す、疲れってどこまで含まれるのかはわからないけど、なるほど。慢性的な肩こり、目の疲れ、ぼやぼやしていた頭がスッキリした感じだ。副作用は元気になりすぎることかな」

す、すごい、一気に頭の中で整理して言葉にしながら、テーブルの上にある紙に効果を書き出している。

集中しているようなので、しばらく話しかけないでいた。

「――となると大量生産は……よし、製造部のあいつに会いに行こうか！」

「はい？」

いきなりそんなことを言われて、私は首を傾《かし》げた。

だけどオスカルさんはニコッと笑いながら、私の手を取って引っ張る。

「製造部はこの上だから、一緒に行こう！」

「え、あ、その、なんで製造部に……！」

「大量生産するときの大まかな方法を出したいからね！」

まずこの緑のポーションを大量生産するのは決まっているの？

私が適当に作ったものなんだけど……。

そんな質問もできずに、オスカルさんに連れられて上の階へと向かった。

上の階は部屋が分かれていなくて、ただ大きな部屋で多くの人たちが魔道具を製造していた。

一区画ごとに作っているものが違うようで……とても気になるわ！

ああ、あっちで作っているのはドライヤーかしら？　昨日初めて見たから、どうやって作っているのかすごく気になる……！

「僕たちはこっちだよ、アマンダちゃん」

「は、はい……えっ、アマンダちゃん？」

製造しているところから離れていくので残念だったけど、ちゃん付けで呼ばれてビックリした。

「あ、ごめんね、僕って人のことを愛称で呼んじゃう癖があるからさ。平民出身だから、馴《な》れ馴《な》れしいってよく言われるんだよね」

「い、いいえ、大丈夫です。少し慣れない呼び方で驚いただけで、オスカルさんの呼びやすい呼び方で」

「そう？　じゃあアマンダちゃんで」

「はい」

人懐っこい笑みを浮かべるオスカルさん。

その笑顔につられて私も口角が上がってしまう。

そんなオスカルさんに連れられて、製造部の階に一つだけあるドアの方へ向かっていく。

ここはどなたがいる部屋なのかしら？

「ニルス、開けるよー」

「え、えっ？」

か、勝手に開けて入ってもいいの？

私は一応部屋には入らず、廊下から中の様子を覗《のぞ》く。

「オスカル、お前……ノックして入室の許可を待ってから入れといつも言っているだろ！」

「めんどうじゃん」

「お前みたいな奴にいきなり入られるほうが面倒だ」

「ひどいなー、これから楽しく仕事ができる仲間を連れてきたのに」

「仲間？　誰だ？」

「えっと……あれ？　アマンダちゃーん？　入ってきていいよー」

「だからなぜお前が許可を……！」

……本当に入っていいのかしら？

「ア、アマンダ・ナルバレテです。入ってもよろしいでしょうか？」

「だから入っていいって」

「お前が言うな。アマンダ嬢、ドアも開いているのだ、誰かのせいで。入ってもいいぞ」

「失礼します」

オスカルさんを怒っている男性、名前はニルス、と言っていたかしら？

金色の髪が長く、後ろでひとまとめにしている。

切れ長の目で顔立ちが整っていて、綺麗な男性という印象を受ける。

オスカルさんが少し低身長だからか、彼よりも頭一個分大きいぶん背が高く見える。

実際はカリスト様と同じくらいの身長だと思うけど。

「アマンダというと、今日付けで開発部に所属した者だろう」

「はい、よろしくお願いします」

「ニルス・アバカロフだ。慣れない環境だろうけど、これから期待している」

「ありがとうございます、頑張ります」

オスカルさんには怒鳴っていたので怖い方かと思ったけど、ニルスさんは普通に話したら少しクールな方っていう感じね。

「そうそう、そのアマンダちゃんが作ったポーションがあってね。大量生産ができないかって相談だよ」

会話に割って入ってきたオスカルさんを、またさっきと同じように睨むニルスさん。

「いつもお前はいきなりだな、オスカル……そういうのは書類など書いて会議でやり取りするものなんだがな」

「これは絶対に売れるから、すぐに出したいと思ってね」

そう言ってオスカルさんは飲みかけの緑のポーションを懐から取り出した。

あんなにごくごく飲んでいたけど、このために残しておいたのね。

「これは……緑のポーション？　色が違うだけ、ではないのだろう？」

「うん、疲労を癒すポーション。半分だけ飲んだけど、結構効果があったよ」

「どれ……」

ニルスさんも緑のポーションを飲んだ。

オスカルさんの飲みかけだけど、いいのかしら？

「っ、これはなかなかだな……身体の疲労と精神的な疲労にも効くのか。半分でここまでの効果か、どれほどの効果かをもっと調べないとな」

「そうだね、それでこれって大量生産できそう？」

「普通のポーションですら、ここの錬金術師でも作るのに一時間はかかる。これはそれ以上かかるのだろう？」

「どうなんだろう？　アマンダちゃんは二十秒くらいで作ってたけど」

「……はっ？」

ニルスさんから驚愕《きょうがく》の目を向けられた。

「こいつの言ってることは本当か？」

「は、はい。本当なら十秒程度で作れるんですけど、既製のポーションから作ったので少し時間がかかりました」

「……」

ニルスさんに「何を言っているんだこいつ」というような目で見られているわ……。

「じゃあまた作ってみようか」

「……そうだな、目の前で作ってもらわないと到底信じられない」

「わ、わかりました」

ということで、また緑のポーションを作ることに。

今度は一から作ったので、十秒ほどで終わった。

「こちらです」

「……本当に早すぎるな」

「そうでしょ？　僕よりもかなり早いよ」

ニルスさんとオスカルさんにそんな感想を言われた。

ポーションって一個作るのに一時間もかかるものなのかしら？

「この緑のポーションを売り出したら、かなりの利益になると思わない？」

「ああ、それはそうだろう。効果は自分の身でも確かめたが、かなりのものだ。傷を治すポーションは主に傭兵《ようへい》などに売れていたが、疲れを癒すポーションは人間なら誰でも欲しがるだろう」

確かに傷を治すポーションは街の外などで魔物を倒す傭兵の方々が、よく使っていた。

だけど街中で普通に暮らす人々は怪我《けが》をする機会が少ないので、ほとんど売れていなかっただろう。

だから青のポーションは傭兵がよく使う店で売られていた。

これがいっぱい作れて売り出せるなら嬉しいけれど……。

「それで、大量生産はできそう？」

「無理だな、おそらく一日に百個も作れない。製造部の奴らがこれを作ろうとしたら、一個作るのに一時間以上はかかるだろう」

うっ、そうなのね……。

製造部の方々はいっぱいいるようだけど、緑のポーションだけを作るわけにもいかないのでしょう。

これが売り物になるなら、早速カリスト様に引き抜いていただいたお礼ができると思ったけど、そう簡単な話じゃ……。

「だが百個程度で十分だと思うがな」

「うん、僕もそう思う」

「えっ？」

十分？　百個くらいで？

「効果が凄《すさ》まじいから、貴族専用で価格を高めに設定して売り出すのもありだろう。あとは研究しないといけないが、効果を薄めればもっと大量生産できるようになるかもしれない」

「なるほどね、そこは開発部に任せてよ」

「ああ、アマンダ嬢にも頼んでいいか。君が作ったものだから、配分などをオスカルと研究してくれ」

「は、はい！　もちろんです！」

どうやらこれは売り出す方向で決まったようだ。

それは本当に嬉しいけど……一つ、提案したいことがある。

「あの、この緑のポーションの生産、私が手伝うのは可能でしょうか？」

「ん？　アマンダ嬢が？」

製造部部長のニルスさんが首を傾げる。

「確かに君の速度で生産し続けてもらえれば、かなり大量に生産できるだろうが……難しいだろう？　さっきの錬金術はかなり魔力を使うはずだ」

確かに私の作り方は、魔力をとても使う。

錬金術でものを作るとき、方法は主に二つ。

道具を使って魔力を抑えて作るやり方と、私のように魔力のみで作るやり方。

前者は時間がかかるが、精度が高くなっていて、魔力消費もかなり抑えられる。

後者は作る時間が短縮できるが、魔力を多く消費して精度は前者よりも欠ける。

道具で作る錬金術師が多いのだが、私は少し事情が違う。

「私は人よりも魔力がとても多いようで、問題ありません。今の緑のポーションを百個作るのであれば、三十分程度で終わると思います」

「……はっ？」

「アマンダちゃん、それは本当？」

「は、はい」

ニルスさんだけじゃなくて、オスカルさんにも驚かれた。

私の魔力量は学院生の頃から人より多かったので、本当は製造部に向いていると思う。

それに私は魔力のみの作り方ばかりしていたので、道具を使用して作るほうと同じくらいに精度は増している。

だけど私は開発や研究が好きなので、そちらを優先的にしたい。

でも錬金術で物を作るのも好きなので、製造するのもやりたいわね。

「はぁ、アマンダ嬢、君はいろいろと規格外のようだ。だが三十分で百個作れるならありがたい。素材はこちらで全て用意するので、やってもらいたいな」

「はい、もちろんです」

「だが効果を薄めて他の錬金術師でも作れるようにする開発も進めてくれるとありがたい」

「わかりました」

「うん、僕と一緒に頑張ろうねー、共同開発だ」

きょ、共同開発……！

なんて素晴らしい響きなの！

ヌール商会では他の従業員の方と会うこともほとんどなく、モレノさんも私に仕事を指示するか罵《ののし》るかだったから、共同開発する相手なんていなかった。

ファルロ商会の開発部部長のオスカルさんといきなり共同開発できるなんて、本当に嬉しいわ！

「おいオスカル、わかっていると思うが、お前が一緒に効果を薄めるものを開発したとしても、この緑のポーションの特許はアマンダ嬢のものだ。功績を奪うなよ」

「そんなことするわけないだろー」

ニルスさんの注意に、オスカルさんが口をとがらせて文句を言った。

というか、私の特許？　功績？

「あの、確かに緑のポーションを開発したのは私かもしれませんが、これを商品化できると言ってくださったのはオスカルさんやニルスさん……それにカリスト様なので、私一人の功績にするのはどうかと……」

最初にカリスト様から緑のポーションを認めていただき、それをオスカルさんに話さなかったら商品化することはなかっただろう。

だから私一人の功績にするのは気が引けたのだが……。

「いや、それはありえないな」

「うん、僕もこの功績はいらないなぁ。だって僕が考えたわけじゃないし」

「ですが、この後は共同開発で効果を薄めたものを作るのでは？」

「それでも元はアマンダちゃんが作ったものだし、僕は一緒に共同開発するだけで楽しいからね」

それは私も楽しくて嬉しいんだけど、それとこれとは話が別な気がするけど。

「それに僕はかなり功績を持っているから、これ一つくらいなくてもいいかな？」

「な、なるほど……」

ニコッと笑いながら、なかなかカッコいいことを言ったオスカルさん。

「アマンダ嬢、この功績はもらっておくんだ。君の話はカリスト様から聞いているが、今まで功績を奪われ続けてきたのだろう？」

「一応そうですね。あまり自覚がなく、興味がなかったんですが……」

「そうか、だが錬金術師として魔道具の特許などの功績を持っていると、いろいろと融通が利くこともある」

「そうだね、素材が安く手に入ったり、珍しい素材を商店の人に取り置いてもらうこともできるよ」

「功績をいっぱい作ります、頑張ります」

「……意外と現金だな、アマンダ嬢は」

功績はどうでもいいけど、素材が手に入りやすくなるのは素晴らしいことね。

その後、私とオスカルさんは開発部の部屋へと戻り、そのまま一緒に緑のポーションの開発をした。

いきなり初日から開発部の部長のオスカルさんと開発できるなんて、本当に最高だわ。

何回も配分を試して、効果を試すために開発部に所属している人を呼んで飲んでもらって……ということを繰り返していた。

「あー、もう終わりかぁ」

「えっ、もうですか？」

オスカルさんに言われて窓を見ると、景色がかなり暗くなっていた。

仕事でこんなに時間があっという間に過ぎるのは久しぶりだ。

「もう終業時間だね」

「そう、ですか……」

まだ夕食前の時間だ。ヌール商会ならこの時間に帰宅できるのは稀《まれ》だった。

この時間に帰れたら嬉しかったけど、今は全く逆の気持ちね。

もっとやっていたい、開発をしたい、仕事をしていたい。

自分が好きで楽しい仕事なら、こんな気持ちになるのね。

「どうする、アマンダちゃん？」

「えっ、どうするとは？」

「残業手続きを出せば、あと三、四時間くらいはできるけど？」

オスカルさんが悪戯《いたずら》っぽく笑ってそう言った。

「っ、やります！」

私は思わず大きな声で返事をしてしまった。

「よし！　一階のところで手続きしてきて。五分で終わると思うから」

「はい！」

「僕の名前を出してね。それと残業手当はきっちり出るから安心して」

「わかりました！」

まさか転職初日に早速、残業をするとは思わなかった。

だけど前のヌール商会と違うのは、これほど嬉しくて楽しい残業はないというところだ。

無能と言われた錬金術師
～家を追い出されましたが、凄腕だとバレて侯爵様に拾われました～

✦第二章✦

社交界へ

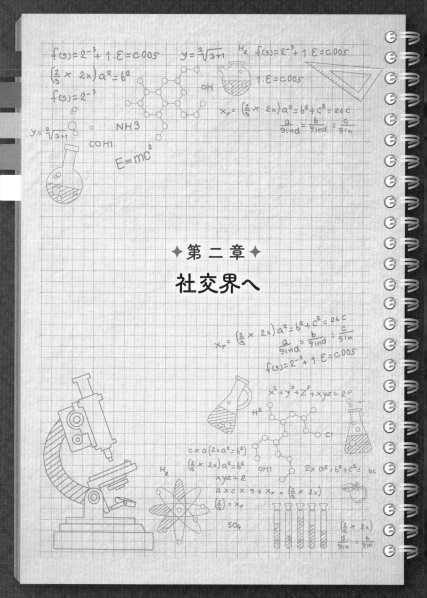

私がファルロ商会に所属してから、一週間ほどが経《た》った。

仕事からの帰り道、カリスト様と外でバッタリと出会った。

「カリスト様？」

私はカリスト様に用意していただいた家で一人暮らしをしている。

その家と職場は結構近いけど、その間に商店街があって、カリスト様が立っていた。

なぜかカリスト様は私と初めて出会ったときのように、フードを深く被《かぶ》っていた。

私が声をかけるとビクッとして、恐る恐るこちらを向いて、私を見て安心した様子だった。

「ア、アマンダか。久しぶりだな」

「はい、お久しぶりです。お陰さまで楽しくやっています」

毎日職場に行って仕事するのが本当に楽しい。

最近は緑のポーションの開発を終えて、新しいものを開発している。

午前中は製造部で緑のポーションを作ったり、他の魔道具も作らせてもらったりしていて、開発も製造もできて本当に満足だわ。

「話はオスカルやニルスから聞いている。二つの部署で仕事をしているようだな。普通ならできないだろうが、アマンダだから問題ないとも聞いている」

「オスカルさんとニルスさんによくしてもらっているので、本当にありがたいと思っています」

「あの二人もアマンダが来てからより一層やる気を出しているようだ。本当にアマンダを引き抜いて正解だった」

「あ、ありがとうございます」

ヌール商会から引き抜いていただいた恩は返しきれていないと思うけど、そう言われると少し照れてしまう。

「カリスト様はこんなところで何をしてらっしゃるのですか？　なんだか隠れているようですが……」

私がそう問いかけると、カリスト様は周りを見回した。

私もつられて商店街を見回すが、私たちの周りには人はいない。

するとカリスト様が顔を寄せてきて、小さな声で話しだす。

「キールから逃げているんだ」

「どうしてですか？」

カリスト様の端整な顔立ちが近づいてきて、少し驚いたけど会話を続ける。

「今日、面倒な仕事があってな……それから逃げてきたんだが、キールに怒られるのも面倒だからな」

「そうなんですね」

怒られたくなくて逃げてきたってことね、なんだか可愛《かわい》らしい。

だけど仕事を逃げてきても大丈夫なのかしら？

「キールさんに怒られるということは、何か大事な仕事だったのでは？」

「貴族にとっては大事だが、俺にとっては大事ではないな」

……どういうことかしら？

よくわからないけど、カリスト様はその仕事が好きではないことはわかったわ。

「しかし、途中で逃げたはいいがどうしようか……このまま本邸に帰ったらキールに何か言われることは確実だ……」

ぶつぶつと呟《つぶや》いているカリスト様。

このまま家に帰りたくない様子ね。

そろそろ夕食の時間だし、それだったら……。

「カリスト様、よろしければ私の家に来ませんか？」

「ん？　アマンダの家に？」

私は提案した直後にハッとした。

いくら相手が困っていて顔見知りだとしても、カリスト様は侯爵家の当主だ。

私みたいな女性が家に呼ぶのは失礼だった。

しかも私は一人暮らしだし、他の人が見たら変な噂《うわさ》が流れてしまうかもしれない。

「すみません、不躾《ぶしつけ》なお誘いをしてしまいました」

「ふむ、ではお言葉に甘えて、家に上がらせてもらってもいいか？」

「……えっ？」

カリスト様の言葉に、私は少し遅れて反応してしまう。

まさか承諾されるとは思わなかった。

「い、いいのですか？　その、私から誘ったのですが、いろいろと面倒なことには……」

「他人に見られるかもってことか？　それなら問題ない、このコートがあればな」

カリスト様は私にコートを見せるようにはためかせた。

黒っぽいコートで、特に変わった様子は……あら？　よく見ると魔力がこもっている気がするわね。

ということは……。

「そのコートは魔道具ですか？」

「ああ、そうだ。これを着てフードを被れば、人間の意識から外れて、注意して見られることはない。俺を視界に入れても気にしない、ということだ」

「なるほど……あれ、ですが私は普通にカリスト様を見つけましたが？」

初めて会ったときも同じコートを着ていた気がするけど、私の意識から外れたりすることはなかった気がする。

「ああ、それはおそらくアマンダの魔力が俺よりも多いからだろう。これは魔力を込めたら発動するもので、俺の魔力を上回る相手にはほとんど効かない」

「そうなのですね」

「魔力量には結構自信があったんだがな……まあアマンダには負けるとは思っていたが」

カリスト様の言葉に私は苦笑する。

私の魔力量は学院生の頃に測ったことがあるが、底なしの魔力ということだった。

魔力量を測る魔道具でも測定不能と出たので、もうそれから調べることはなかった。

私も自分がどれだけの魔力を持っているのかはよくわからない。

「だからアマンダ、君の家に行ってもいいか？」

「あ、はい、もちろんです。カリスト様が用意してくださった家なので、私の家と言うと語弊がある気がしますが」

「君の働きを見れば、あの住居じゃ狭いくらいだ。もう少ししたらもっと大きな家を与えてもいいと思っているが」

「い、いえ！　そんな大きな家、恐れ多くて……！」

「自分で家を改装して、錬金術の研究や開発ができる部屋を作ってもいいんだぞ」

「もっと大きな家をいただけるように精進します！」

「ははっ、わかりやすくて面白いな、アマンダは」

あっ、錬金術の研究ができると聞いて、脊髄反射で返事をしてしまった。

失礼だったかもしれないけど、カリスト様が笑ってくださっているからよかったわ。

その後、私たちは商店街を抜けて私の家へと向かった。

カリスト様に用意していただいた住居は、平屋の一軒家だ。

結構広くて、一人暮らしをするなら全く申し分ない、むしろ少し広すぎるくらいだ。

「こちらへどうぞ。あまり物がなくて殺風景かと思いますが」

「……本当にそうだな」

部屋を見渡して、カリスト様がそう呟いた。

私の家には生活するうえで、最低限の物しかない。

リビングには椅子、テーブル、タンス、冷蔵庫くらいだ。数も椅子が二つで、他は一つずつ。広い部屋にそれだけだから、さらに広く感じる。

カーテンやカーペットなども、最初から用意されていた黒色や灰色のものを使っている。

「本当にこれで不自由ないか？　まだ金がなくて物を買えないというのなら、先に給金を渡すが」

「いえ、大丈夫です。物が少ないのは私が必要としていないだけで」

「そうか？　それならいいが……」

心配をかけるためにカリスト様を家にお呼びしたわけじゃないので、しっかりしないと。

「カリスト様、夕食はまだですか？」

「ああ、昼も食べていない。まあ軽食は食べたが」

「そうなのですね、私もまだなので夕食を作ってもよろしいですか？」

「いいのか？　というか、料理はできるのか？」

「できますよ。料理は意外と錬金術と通ずる部分があるので」

材料の配分を考えたり、煮たり焼いたりする時間を正確に測ったりと、錬金術と似通っている部分が多くある。

レシピ通りに作れば大きく失敗せずに成果が出る、というのも悪くない。

私は錬金術師だから、レシピから外れて何か違うものを作ることがあるけど……料理でそんなことをしたら失敗しかしないから、あまりやらない。

「そうか、それなら頼む。かなり腹が減っていてな」

「わかりました。少々お待ちを」

私はいつも通り、キッチンで調理をしていく。

調理をしながら考えたけど、誰かに自分の料理をふるまうのは初めての経験かもしれないわね。

結構前から料理はできたけど、ふるまう相手がいなかった。

家族には嫌われているし、学院でも友達らしい友達はいなかった。

少し緊張してきたわ……初めて料理をふるまう相手が、侯爵のカリスト様で大丈夫かしら？

考えているうちにも料理が出来上がり、お皿に盛ってテーブルに並べていく。

今日はお肉がメインで他にご飯とサラダ、スープなど、一般的な夕食の献立。

侯爵のカリスト様にふるまうには普通すぎると思うけれど……。

「んっ、美味《うま》いな。アマンダは錬金術ができなくても、料理人にもなれそうだな」

「あ、ありがとうございます」

目の前で美味《おい》しそうに食べて、それに嬉《うれ》しい感想を言ってくださるカリスト様。

いつも自分一人で食べるので私好みにしてしまったんだけど、カリスト様のお口に合ったようでよかった。

夕食を食べ終えて、私が片付けをしているときに軽く雑談をする。

「キールさんとはお友達だったんですね」

「ああ、学院生の頃に仲良くなった男友達だ。キールは優秀だったから、侯爵家で雇ったのだ。あいつのお陰で仕事は楽をさせてもらっているが……友達だからこそ、遠慮なく俺を怒ってくるのは少し面倒だな」

「ふふっ、そうなんですね。今日はどんなお仕事があったのですか？」

「仕事というか、社交界だな。どっかの令嬢が開いたパーティーだ」

「どっかの令嬢、というと？」

「忘れた、いや、聞き流していてもともと記憶していないから、忘れたわけではないな」

「そ、そうですか」

カリスト様は社交界が嫌いなのね。

私も学院にいた頃は社交界に何回か出たことがあるけど、特に面白いものではなかった。

錬金術を一人でやっていたほうが面白いわね。

「また数日後に社交界があるし、しかもそれはダンスパーティーだから絶対に女性の相手を選ばないといけないし……はぁ、嫌になるな」

「お、お疲れさまです」

嫌な仕事は大変ね、私もヌール商会での仕事は嫌だったから。

それをカリスト様には救ってもらったから、恩を返したいけど……これに関しては、私が何かできることはないでしょう。

お皿の片付けなどを終えて、カリスト様の目の前に座る。

「……ん？　そういえばアマンダは、男爵家の令嬢だったな」

「えっ？　あ、はい、一応そうですが」

「社交界の経験は？」

「学院生の頃に何度か」

「ダンスはできるか？」

「学院ではそういう授業もありましたし、人並み程度には」

カリスト様は顎《あご》に手を当てて「ふむ」と一度言って、また私と視線を合わせる。

「アマンダ、一緒にダンスパーティーに行かないか？」

「……はい？」

私が、ダンスパーティーに？

しかもビッセリンク侯爵のカリスト様と一緒に？

「な、なぜ私なのですか？」

「一番の理由は、ダンスの相手がいないからだ。一曲は踊らないといけないダンスパーティーで、相手がいないのはめんど……主催者に悪いからな」

いや、いま面倒って言いかけていたわよね？

確かにダンスパーティーは一回は踊るという暗黙の了解がある。

だけど相手を同伴しないでパーティーに来る人は結構いるので、その場で女性からでも男性からでも誘えるはず。

普通の貴族だったら男性から誘うだろうが、侯爵のカリスト様だったら女性からでも誘ってくれるだろう。

「別に相手がいなくても会場で見つければいいのでは？」

「いや、それが一番ダメなやつだ」

「なぜですか？」

「俺が侯爵だからだ」

堂々とそう言われたが、意味がよくわからない……。

「どういうことですか？」

「俺はまだ婚約者がいないからな。社交界に行くと多くの令嬢が俺に気に入られようと、光に引き寄せられる虫のように集まってくる」

「虫……」

言い方は酷《ひど》いけど、少し予想がつくかも。

私も学院にいた頃に参加した社交界で、爵位が高い令息や令嬢の方々の周りに、いろんな人が集まっているのを見たことがある。

もちろん私はその中に入ったことはないけど。

「普通の社交界ですら令嬢が集まってきて面倒なのに、ダンスパーティーなんて、ダンスを誘うという大義名分を得た令嬢たちが集まってくるのが目に見えている」

「はぁ、なるほど」

「だからダンスの相手がいればマシになると思うのだが、適当な令嬢を誘うとそいつに勘違いされることがある」

「今みたいにしっかり説明すればいいのでは？」

「したつもりだったのだがな……一度、伯爵令嬢に相手を頼んだら、これ幸いというように外堀を埋められそうになった。自分がビッセリンク侯爵の婚約者だ、と俺に隠れて言いふらしていたようだ」

「それは……大変でしたね」

説明したのに勘違いをされた……いや、おそらく勘違いではないのでしょうね。

「ああ、だから適当な令嬢を選ぶわけにはいかない」

なるほど、ダンスパーティーで令嬢たちに囲まれるのは面倒で、それを避けるために相手の令嬢を見繕う必要があると。

「それで、私ですか？」

「ああ、アマンダなら勘違いしないし、俺の婚約者という立場に興味がないだろう？」

「そうですね」

侯爵家当主の婚約者になることに興味がない、とカリスト様を目の前にして言うと失礼な気がするけど、彼はそんな相手を望んでいるようね。

「だけど私は男爵令嬢ですよ？　侯爵家のカリスト様の相手には相応《ふさわ》しくないのでは？　それに社交界なんてここ数年出ていませんし……」

「爵位なんて問題ない。俺のダンスの相手に文句を言う奴はビッセリンク侯爵家に文句を言う馬鹿だけだ。社交界に慣れてなくても、そこは俺がリードする」

「うーん……」

そう言われても、カリスト様に迷惑をかけないか心配だ。

恩を返したいから承諾したいのだけど、これはおいそれとは返事できない。

キールさんに意見を仰いだほうがいいでしょうね。

「カリスト様、申し訳ありませんがキールさんに一度相談を――」

「俺の相手として来てくれたら、報酬として錬金術に使える珍しい素材を用意しよう」

「――私でよければ喜んでお相手を務めさせていただきます」

「よし、ありがとう」

はっ！　いけない、報酬につられてしまった……！

くっ、だけど錬金術師として、侯爵家のカリスト様が用意してくださる珍しい素材、とても興味があるわ！

引き受けないなんてありえない……！

「ダンスパーティーは三日後だ、よろしくな」

「……はい」

ということで、私はカリスト様の相手として、久しぶりの社交界に行くことになった。


翌日、私は侯爵家の屋敷に招待されていた。

ダンスパーティーに行くにあたってドレスなどの準備があるから、それを選ぶためだ。

普通だったらブティックや宝飾店に行くと思うけど……カリスト様が、わざわざ屋敷にお店の人たちを呼んで、商品を用意してくれていた。

侯爵家ともなると、服や宝飾品は買いに行くものではなく、持ってこさせるものなのね。

しかも全部ファルロ商会で用意したもののようだ。

「すごいですね、これ……」

広い部屋を埋め尽くすほどのドレスや宝飾品を見て、思わず呟いた。

「この中からお選びください。もし全て気に入らなかったら、また他のものを準備します」

「い、いや、さすがにそれはないと思いますよ、キールさん」

隣に立つ、これらを全部準備してくれたキールさんに、私は苦笑しながら言った。

「カリスト様のお相手なので、ドレスや宝飾品は妥協せずお選びください」

「そう、ですね。わかりました」

確かに一番ダメなのは、カリスト様の隣にいて見劣りすることね。

それは避けないといけないわ。

「その、キールさんは反対じゃないんですか？」

「何がでしょうか？」

「私がカリスト様のお相手になることです」

「反対ではありませんよ。私に何も相談なく決められたのはイラッとしましたが」

「す、すみません……」

「いえ、アマンダ様に対してではなく、カリスト様に対してです」

笑みを崩さないキールさんだが、逆にそれが怖いわね。

カリスト様は今仕事中のようで、この場にはいない。

「逆に私が聞きたいのですが、アマンダ様は大丈夫ですか？」

「何がでしょう？」

「カリスト様と社交界、しかもダンスパーティーに出るということです。アレでも一応侯爵なので、かなり注目されますよ」

アレでもって……。

学院の頃からのお友達らしいから、遠慮ない言葉を使えるのね。

「もう承諾してしまったので」

「今なら断ることもできると思いますが……」

「大丈夫です、ファルロ商会に引き抜いてくださった恩を返したいとも思っていましたから」

それに、希少な素材も欲しいし……。

「……わかりました。私からはもう何も言いません。では私はこれで失礼しますので、あとは店員とメイドの方とお選びください」

「はい、ありがとうございます」

そしてキールさんが出ていったと同時に、メイドさんたちが入ってくる。

その中に見知った顔があり、私は目を見開いてから頬《ほお》を緩ませた。

「イーヤ、久しぶりですね」

「はい、お久しぶりでございます、アマンダ様」

ナルバレテ男爵家に仕えていたメイドのイーヤだ。

私を小さい頃から見てくれていたメイドで、男爵家の中で唯一私とまともに喋《しゃべ》ってくれていた人でもある。

私が男爵家から出ていった後、心配でカリスト様に頼んでイーヤも引き抜いてもらった。

「元気にしていました？」

「はい、お陰さまで。アマンダ様も元気そうでなによりです。前よりも顔色も良く、表情も明るくなられて」

「そうですか？　仕事が充実しているからかも」

「それはよろしゅうございました」

男爵家では家族の目があったから、その目を盗んで喋らないといけなかった。

こうして気兼ねなくイーヤと話せるのは、とても嬉しいわ。

これも全部、カリスト様のお陰だ。

だからカリスト様に恩を返すために、ダンスパーティーの衣装をしっかり選ばないといけないわね。

「イーヤ、協力してくださいね」

「はい、もちろんです。このような日が来ることを、心から待ち望んでおりました」

そして、ダンスパーティー当日。

私はまた侯爵家の屋敷に来て、準備をしていた。

この前決めたドレスや宝飾品を身につけるために、イーヤや他のメイドさんたちに手伝ってもらっている。

ドレスを着て、宝飾品をつけていく……これ全部で、私の給金の何倍になるんだろう。

ヌール商会の時の給金だったら、何十倍じゃ済まない額のような気がするわ。

「アマンダ様、とてもお綺麗《きれい》です」

「ありがとう、イーヤ」

着替え終わった私の姿を見て、イーヤがとても優しい笑みを向けてくれる。

今日はダンスパーティーなのでどのドレスも比較的動きやすく、凝ったデザインではなかった。

だけどその中でも美しい装飾がなされている白を基調にしたドレス。

刺繍《ししゅう》は金色でとても綺麗で、遠目に見ても豪華なものとなっている。

メイクなども仕上げてもらって鏡で自分の顔を確認したけど、別人とは言わないが綺麗になっていると思う。

侯爵家のカリスト様の相手として、見劣りはしない程度になっている……と思いたい。

イーヤや他のメイドさんたちにもお墨付きをもらったので、自信を持っていこう。

久しぶりの社交界のダンスパーティーだから少し緊張するけど。

「いってきます」

「はい、いってらっしゃいませ」

イーヤに見送られて、私は屋敷を出た。

屋敷の前にはこれまた豪華な馬車が停《と》まっていて、カリスト様がその前に立っていた。

「お待たせしました、カリスト様」

カリスト様もダンスパーティーのために着飾っていて、いつもの服装とは全く違う。

黒を基調にしたタキシードのような服で、やはり金色の刺繍が入っている。

背が高くスタイルが良いので、とても似合っていてカッコいい。

これは侯爵家とか関係なく、女性からダンスに誘われそうね。

侯爵家で婚約者がいなかったらなおさら、女性を光に集まる虫に例えるくらいには誘われてきたのね。

カリスト様はこちらを向いて、軽く目を見開いた。

「いや、そこまで待ってないが……驚いたな」

「何がでしょう？」

「君の姿にだ」

「えっ、どこかおかしなところがありますか？」

それだったら早急に直さないといけないのだけど。

「いや、違う。アマンダがとても綺麗だから、驚いたというだけだ。いつも可憐《かれん》だと思っているが、今日は一際《ひときわ》美しいな」

「そう、ですか。ありがとうございます。変なところがないならよかったです」

「……俺が言うのもなんだが、褒めたのにその反応か？」

「えっ、あ、すみません。カリスト様もいつも素敵ですが、今日は特別に素敵です」

褒め返すのを忘れていたわね、社交界では気をつけないと。

「ありがとう、嬉しいのだが……アマンダも褒められて嬉しいとかはないのか？」

「もちろん嬉しいですが、社交界で異性を褒めるのはよくあることでは？」

私が学院にいた頃の社交界でも何回も褒められたことがあったので、それに一喜一憂するほども初心《うぶ》ではない。

それにカリスト様は侯爵様で社交界に慣れていらっしゃるだろう。

「ふむ、お世辞で言うのはよくあることだな」

「ですよね」

「だがアマンダ、俺は令嬢を褒めることはほとんどしないぞ。褒められることは多々あるが」

「そうなんですか？」

褒められることは多々ある、と言い切るのはさすがね。

「前にも話したように、俺が褒めると無駄に勘違いさせてしまう可能性があるからな」

「なるほど」

「ああ、だから――」

「私だったら勘違いしないから、言っても大丈夫というわけですね」

「……」

「えっ、違いましたか？」

カリスト様が呆《ほう》けたような顔で黙り込んでしまって、何か失礼なことを言ったのかと思って少し慌てた。

そのタイミングで御者席に座っているキールさんが話しかけてくる。

「カリスト様、アマンダ様。そろそろ向かわないと開始時刻に遅れてしまいます」

「……そうか、では乗るか」

「は、はい」

なんだか少し気まずい雰囲気になってしまったけど、大丈夫かしら。

そう思いながらカリスト様の後に続いて乗り込もうとしたとき、彼が振り向いて手を差し伸べてくれた。

「アマンダ、今日はよろしく頼む」

「っ……はい、よろしくお願いします」

私はその手を取って馬車に乗り込む。

その時にカリスト様にドキッとしたのは、内緒にしないといけないわね。


ダンスパーティーの会場はとても広く、数百人は入れるほどだ。

そんな中で私はカリスト様と腕を軽く組みながら歩いている。

まだダンスの音楽は始まってないので、適当に談笑をする時間のようだ。

しかし……やはりとても注目されているわね。

すれ違う人が全員、私たちのことを二度見してくるぐらい。

その後もチラチラとこちらを窺《うかが》ってくる人が多い。

侯爵家のカリスト様が目立つのはしょうがないと思うけど、私がいることでさらに注目を集めているということかしら？

「こんなに注目されるものなのですね」

「今まで特定の相手を作ってこなかったからな。それがいきなり相手を連れてダンスパーティーに来たのが驚かれているのだろう」

「そうなのですね」

まだ話しかけてくる人はいないけど、様子見をしているって感じかしら。

そんな中で一人、男性が近づいてきた。

とても見覚えがある……というか、製造部部長のニルスさんよね？

「カリスト侯爵様、お久しぶりです」

「ああ、ニルス。仕事は順調か？」

「お隣にいらっしゃるアマンダ嬢のお陰で、だいぶ忙しくさせていただいております」

「ふっ、そうか」

カリスト様とニルスさんはいつも通りという感じで挨拶をしていた。

ここは貴族の方しか呼ばれていないはず。

つまりニルスさんは、貴族の方だったの？

「しかしカリスト侯爵様が、アマンダ嬢を相手に選ぶとは。婚約しているのですか？」

「いや、彼女なら俺の相手に相応しいと思ってな」

「……なるほど、いつもの彼女の様子を私も知っていますが、相応しいと思います」

「だろう？」

「はい」

褒められている……のかしら？

侯爵様に相応しいと言われているのに、なんだか褒められている気がしない。

「アマンダ、君は知らなかったかもしれないが、ニルスはアバカロフ子爵家だ。家を継いでいるわけじゃないがな」

「そうだったのですね。ニルス様、知らなかったとはいえこれまでのご無礼、大変失礼いたしました」

子爵家の方の仕事部屋に断りもなく入ってしまったり……だけどあれはオスカルさんのせいだけど。

「いや、全く問題ない。ファルロ商会では貴族や平民など関係なく接してほしい。敬称もいつも通りでいい」

「わかりました。ではこういう場では、ニルス様でお願いします」

私の言葉に満足そうに一つ頷《うなず》いたニルスさん。

また最後に軽く挨拶をしてニルスさんはこの場を離れていった。

ニルスさんが先陣を切ったと思ったのか、そこからいろんな人たちに話しかけられた。

ビッセリンク侯爵家と仲が良い人たちや、仲良くなろうとしてくる人たち。

全員が子爵家、伯爵家などで、私より身分が高い人たちばかりだ。

ここまで身分が上の方と話す機会はそうそうなかったので、やはり緊張する。

「カリスト侯爵様がまさかお相手を連れてくるとは思いませんでしたよ。ですがとてもお綺麗な方で、侯爵様に相応しい素敵な女性です」

「お褒めに預かり恐縮です」

一人の男性が私のことをそう言ってくれて、私は笑みをたたえながらお礼を言う。

するとその隣にいる、年齢が少し高いふくよかな男性が話しかけてくる。

「しかし聞く話では男爵家の令嬢のようですね？　しかもあまり聞いたこともない家柄ですが、本当に侯爵様に相応しいんですかな？」

その言葉でこの場の空気が凍った。

主に私の隣に立っているカリスト様の雰囲気によって。

しかしそれに気づかないふくよかな男性は、気持ちよさそうにそのまま喋っている。

「それに比べて我が伯爵家の娘はとても気品よく育っていますので、カリスト侯爵様に相応しい令嬢だと自信を持って言えますぞ」

「ほう、貴殿は俺が選んだ女性よりも、貴殿が選んだ女性の方が優れていると？」

「もちろんです！　我が伯爵家の娘は――」

「それはつまり、俺への侮辱ということだな？」

「えっ？　いや、そうではなく……」

いまさら慌てだした男性だが、もう遅い。

「俺よりも貴殿が選んだほうが正解だと言ったのだ。俺への侮辱だと判断するに値するだろう」

「い、いえ！　そんなつもりは……！」

「もういい。俺をこれ以上不快にさせたくないのであれば、下がれ」

「っ……も、申し訳ありません。失礼します」

その人は冷や汗を流しながら、この場を去っていった。

まだ多くの貴族の方々が残っているが、少し場が冷めてしまっている。

仕方ない……。

「ありがとうございます、カリスト様」

「ん？」

私のお礼の言葉に不思議そうに首を傾《かし》げるカリスト様だが、そのまま続ける。

「私のために怒ってくださったのですね。やはりカリスト様はお優しくて、とても素晴らしい方ですね」

私は周りの人たちに視線をやる。

「カリスト様を慕っている方も、やはり多いのですね」

「え、ええ！　カリスト侯爵様はとても素晴らしい方で、尊敬の念を抱いております」

「わ、私もです！」

他の人々が口々にそう言い始める。

カリスト様と視線を合わせて、私は笑みを浮かべて頷いた。

冷めた空気はなくなったので、あとはよろしくお願いします、という意味を込めて。

カリスト様は少し目を見開いてから、ふっと笑みを浮かべる。

「ああ、ありがとう。私は相手にも恵まれて、幸せ者だ」

そう言ってカリスト様は私の手を取って、周りの方々に見せるようにした。

なんとか、私の爵位や地位のせいで悪くなった空気は払拭《ふっしょく》できたようね。

だけどカリスト様が最後に私の手を取ってアピールするとは思わなかったので、また少しドキッとしてしまった。


その後、私とカリスト様は一度会場を離れて、バルコニーに向かった。

貴族が開くダンスパーティーの会場になるほどの場所なので、バルコニーも広くてテーブルや椅子もある。

下を覗くと花が咲き誇る庭もあり、とても綺麗ね。

私は椅子に座って一息つく。

いろんな貴族の方々と、ずっと笑みを保ったまま話すのはやはり疲れるわ……。

カリスト様が逃げ出したくなる気持ちもわかる。

「疲れただろう、ここで一休みしよう」

「お気遣いありがとうございます」

「ダンスの音楽が流れるのはもう少し後のはずだ。その時までここで休憩していても問題ないだろう」

カリスト様はそう言って私の前にある椅子に座った。

「そうですね、少し疲れたので……特に愛想笑いをしていたので、頬の筋肉が」

「久しぶりの社交界で侯爵である俺の相手だ、疲れるのは当たり前だろう」

「男爵家の令嬢と侯爵家のお相手とでは、話しかけられる人数が違いますね……」

私が学院生のころ社交界に出ても、こんなに忙しかった覚えはない。

会場にあるお菓子などを食べられるくらいの暇があった。

「カリスト様は大変ですね……」

「そうだな、やはり社交界には出たくないものだ」

「それにカリスト様はファルロ商会の会長です。普通の貴族の方よりも忙しいでしょう」

「ふむ、確かにそうかもしれないが、商会に関してはやりたくてやっていることだからな。そちらに関しては、大変だが面倒だと思ったことはない」

カリスト様は笑みを浮かべながらそう言った。

私も錬金術は大変だと思う部分があるけど、自分のやりたいことで楽しんでいるから、面倒だと感じたことは一度もない。

カリスト様もそんな感じなのかしら。

「しかし驚いた、アマンダは社交界での立ち回りも上手《うま》いな」

「そうですか？　ありがとうございます」

「本当に数年ぶりの社交界だったのか？」

「学院に通っていた頃は何度か出たことはありますが、それ以来です」

「そうか、だがあの立ち回り方は一朝一夕で身につくようなものではないだろう？」

「まあ、学院生の頃は頑張っていました」

慣れるために、誘われたお茶会などは全部出ていた時期があった。

「前に調べたが、君は学院を首席で卒業したようだな。錬金術だけじゃなく、他の成績も軒並みいいと。なぜそんなに頑張っていたのだ？」

「母の教えです。私が錬金術を好きになったときに、母に『錬金術以外のことも頑張りなさい。それらが錬金術に役に立つから』と言われたのです」

「母……というと、パメラ男爵夫人のことではないだろう？」

「はい、私の実母です」

すでに亡くなっていることはカリスト様も知っているようで、彼は一つ頷いた。

「そうか……それを忘れずに実行に移せるのが、アマンダの尊敬すべきところだな」

「ふふっ、ありがとうございます。母の教えには感謝しています。学院生の頃に社交界やダンスのことを学んでいなかったら、こうしてカリスト様とご一緒できなかったので」

私は笑みを浮かべて、カリスト様と視線を合わせる。

「っ……アマンダ、まさか……」

カリスト様は驚いたように目を見開いてから、なぜか目を逸《そ》らした。

「アマンダ、君は素敵な女性で好感を覚えているが、まだ俺は――」

「こうしてカリスト様とご一緒できなかったら、報酬として貴重な素材をいただけませんから」

「……えっ？」

「あ、すみません、話を遮ってしまいましたか？」

どんな貴重な素材をもらえるのか、と思って喋ってしまったから、カリスト様と会話が重なってしまった。

さっきまで気まずそうな顔をしていたカリスト様だけど、今は目を丸くして呆けている。

「……あ、ああ、いや、なんでもない」

「そうですか？　何か言いたいことがあったのでは？」

「その、俺の勘違いだ。これは酷い勘違いだ、ああ、本当に恥ずかしい勘違いだ……」

カリスト様はそう言って頬を少し赤くして、頭に手を当ててため息をついた。

「はぁ、俺は自意識過剰だったようだな」

「その、何か私が失礼なことを言ったでしょうか？」

「いや、全くそれはない。大丈夫だ」

なぜか少し落ち込んでいる様子のカリスト様。

はっ、もしかして私が報酬目当てで浅ましい女だ、と思われたのかしら？

だけどその場合、私を見下すだけでカリスト様が落ち込む必要はないわね。

よくわからないわ……。

その後、カリスト様は「飲み物を取ってくる、ここで待っててくれ」と言ってバルコニーを離れた。

侯爵のカリスト様に取ってきてもらうわけにはいかないと思ったのだが、彼は私と離れて頭を冷やしたいようなので、お言葉に甘えることにした。

一人になって、人目がないので椅子に深く腰をかけて一息つく。

今まで経験してこなかった疲れね、錬金術を一晩中やっているときよりも疲れた。

だけどカリスト様に誘われないとできない貴重な経験だから、来てよかったと思う。

そんなことを考えながらしばらく待っていると、バルコニーに人が来る気配がした。

カリスト様が来たのかと思って椅子から立ち上がりながら振り返ると、違う人が立っていて、私は目を見開いた。

「っ、サーラ……」

「アマンダお姉様……」

ナルバレテ男爵家のサーラ、私の妹だった。

サーラもダンスがしやすそうな綺麗なドレスを着ていて、家で見るよりも美しかった。

だけどその表情は私を憎むように睨《にら》んでいて、お世辞にも綺麗とは言えなかった。

「サーラ、久しぶりね。元気にしてた？」

まだ私が男爵家を離れてから二週間ほどしか経ってないけど。

私にとっては充実した日々だったから、長いような短いような期間だった。

「ええ、もちろん元気ですわ。お姉様は、もう少しやつれていると嬉しかったんですが」

「それならごめんなさい、男爵家にいた頃よりも楽しくやっているわ」

「つ、見ればわかります……！」

私の言葉にイラッとしたのか、眉をひそめるサーラ。

キッと睨んでくるサーラだけど、彼女は童顔だからそこまで怖くない。

「お姉様が家からいなくなって、せいせいしていますわ。家で息が吸いやすくなった気がします」

「そう、私も同じよ。お互いに利があってよかったわ」

私の言葉に、サーラはまた悔しそうに唇を噛《か》みしめる。

彼女はよく私を煽《あお》るように嫌味を言ってくるけど、適当に流して終わらせている。

家にいた頃はすぐに部屋に行ったりして私の方から離れていたんだけど、今はカリスト様を待っているから、ここを離れられない。

だからサーラが飽きてどこかへ行くか、カリスト様が帰ってくるまで話さないといけないわね。

「サーラ、あなたはダンスの相手は決まっているの？　まだ決まってないなら、バルコニーにいないで会場にいたほうが見つけやすいと思うわ」

心配をしている風に言っているけど、ここを離れて会場に戻ってほしいと暗に伝えている。

「ふん、ご心配なく。私はお姉様よりも社交性が高くて学院で人気だから、会場に戻れば何人もの男性に声をかけられますわ」

「そうなのね、それは安心ね」

確かにサーラは可愛らしく、庇護《ひご》欲が湧くような愛らしい容姿をしている。

ナルバレテ男爵家にいた頃、お父様から「お前もサーラのように人気者だったらよかったな」と言われたことは何度もある。

まあ私は人気者になるよりも、錬金術や授業の成績を重視していたから、別によかったんだけど。

「そうです、だけどカリスト侯爵様ほどの身分の方からは誘われない……だからお姉様、カリスト様の相手を譲ってください」

「はい？」

いきなりの提案で意味がわからず、聞こえていたのに聞き返してしまった。

「私にはわかります。カリスト様とお姉様はお互いに好意を抱いているわけじゃなく、ただカリスト様が女性避《よ》けで相手が欲しかっただけだと」

「……それはどうかしらね」

正解だけど、私からそれが当たっていると伝えることはない。

私からそれを言えば、カリスト様が「女性を避けるために適当な女性に相手を頼んだ」と他人に知られるかもしれない。

「絶対にそうです。だけどそれなら、お姉様よりも私の方が相応しいです。お姉様のような社交界に全く慣れていない令嬢なんて、侯爵様に相応しくありません」

「それを決めるのはサーラ、あなたじゃなく侯爵様よ」

「つ、社交性もない無能なお姉様が偉そうに――！」

顔を赤くして声を荒らげるサーラだが……。

「その通りだ」

私たちは喋っていたため、バルコニーに来た男性に気づかなかった。

「つ、カリスト侯爵様……！」

サーラがその男性、カリスト様を見てすぐに頭を下げた。

「侯爵様、お騒がせして申し訳ありません。お見苦しいところをお見せしました」

「ああ、本当にな」

「つ……」

サーラは形だけの謝罪を言葉通り受け取られるとは思わなかったようで、少したじろいでいた。

カリスト様は頭を下げるサーラを一瞥《いちべつ》してから、私に近寄ってくる。

「アマンダ、飲み物だ。アルコールは入ってないものを選んだ」

「ありがとうございます」

グラスを受け取り、私は一口飲む。甘くて美味しいわね。

「そろそろダンスの音楽が始まりそうだから、会場に戻ろうか」

「はい、わかりました」

「あ、あの！」

私がカリスト様の腕に手を軽くかけてバルコニーを離れようとしたとき、サーラが顔を上げて止めに入った。

「……なんだ？」

カリスト様は私に話しかけるよりも冷たい声で返事をする。

サーラは怖気《おじけ》づいたように半歩下がったが、それでも息を呑《の》んでから喋り出す。

「つ、お、お姉様より私の方がカリスト侯爵様の相手に相応しい立ち居振る舞いができます！　なのでどうか、私をダンスの相手に……！」

まさかサーラがここまで勇気を振り絞って言ってくるとは思わず、ビックリした。

だけどこれは、蛮勇と言うしかない。

「話にならないな」

カリスト様はサーラの言葉をぶった切るように言い放った。

「ここで俺がアマンダを差し置いてお前を選ぶことがあると思うか？　そんなことをしたら、会場に連れてきた相手をいきなり変えたと、俺の悪評が広まるだけだろう」

「つ、す、すみません、でしたら次の社交界では私を……！」

「それに社交界での立ち居振る舞いがアマンダよりも上手いと言っていたが、お前はたいして上手くないだろう」

「なっ、そ、そんなことは……！」

サーラは否定しようとするが、カリスト様が淡々と責めるように話す。

「アマンダを調べるときにお前のことも調べてあるんだ、サーラ・ナルバレテ。学院での成績はどの教科も低く、今のやり取りでもわかったがまるで知性が感じられないな」

「っ……」

サーラって成績悪かったのね、知らなかったわ。

確かに社交性が優れている、という噂《うわさ》しか聞いたことがなかった。

「それに社交界の立ち回りが上手い、と言っていたが、男に媚《こ》びるのが上手い、の間違いじゃないのか？」

「なっ……！」

カリスト様の失礼な言葉に、サーラが目を見開いた。

そして何か言い返そうとしたのかと口を開いたが……。

「社交界で誰か仲が良い令嬢がいるのか？　最後に茶会に誘われたのはいつだ？　茶会は令嬢が開くから、男性から好かれていても誘われないからな」

「そ、それは……」

「言えないだろう？　お前は身分が上の男にばかり、しかも男に婚約者がいることも知らずに媚びを売り続けているからな。そんな令嬢が他の令嬢に好かれるはずがない」

「っ……」

言い負かされたようで、サーラは何も言えなかった。

だけど社交性が高いって、まさかそういうことだったのね。全く知らなかったわ。

サーラが自分の弱点のようなことを、私に伝えるわけがないから知らないのは当然かもしれないけど。

そんな風に人に嫌われるような立ち回りをしていたら、いつかまずいことになるだろう。

いや、もうすでに何かやらかしていてもおかしくはない。

「もう二度と、ビッセリンク侯爵家に自分が相応しいなどとは言わないでほしいものだ」

カリスト様は最後に冷たく言い放った。

そしてサーラに背を向けて「行こう」と声をかけられたので、私はカリスト様の腕に手を添えて一緒に歩いていく。

サーラの方を一度振り向いたが、俯《うつむ》いていて表情は見えなかった。

会場に戻るとすでに音楽が流れていて、何組かの男女が踊っていた。

「俺たちも踊るか。面倒なことは早めに済ませたほうがいい」

「そうですね」

「ダンスの練習はできなかったが、大丈夫か？　リードはするが」

「大丈夫です、学院の頃に何度も練習したので」

数年やってないから少し不安だけど。

私とカリスト様は会場の真ん中あたりに行って、ダンスを始めようとする。

すると会場の人々がこちらを注目しているのがわかった。

「わかっているかもしれないが、これは俺というよりも君に視線が集まっている」

「はい、侯爵様の相手である私がどれほどの者か、ということですよね」

「ああ、大丈夫か？」

「問題ありません」

錬金術で危ない素材を組み合わせるとき、少しでも配分を間違えたら爆発して命が危ないときがある。

その時の緊張感と比べたら、このくらいは余裕ね。

カリスト様と片方の手を繋《つな》ぎ、彼の手が私の腰に当てられ、私は彼の肩あたりに手を置く。

そして音楽に合わせて、踊り始める。

最初はカリスト様が私をリードしようとしてくれていた。

だけどそれでは周りにもわかってしまうので、私から踊りの振りを変えてステップを踏んでいく。

カリスト様は目を見開いて一瞬だけ遅れたが、すぐに合わせてくれた。

さらに口角を上げて、「ついてこられるか？」というように激しい踊りをし始めた。

だけど学院にいた頃になぜか熱血で厳しい先生に見初められてずっと踊っていたから、このくらいは余裕でついていけるわ。

その後、お互いに難しい振りを勝手に始めて、それに合わせて動いていく。

それが意外と楽しくて、最初にカリスト様は「軽く踊って終わるか」と言っていたはずだが、気づけば長い時間踊ってしまっていた。

音楽が一度止《や》むまで踊り続け、音楽が止むと同時に……周りから拍手が鳴り響いた。

周りを見ていなかったが、どうやらかなり注目されていたようね。

「素晴らしいダンスだった！」

「これほど綺麗で華麗なダンスは初めて見たわ！」

「息がとっても合っていて、見ていて楽しい気持ちになりました！」

周りの方々が口々にそう言っているのが聞こえる。

侯爵のカリスト様を褒め称《たた》えるために大袈裟《おおげさ》に言っているのかもしれないけど。

それでも思った以上に楽しく踊れたからよかったわ。

「カリスト様、ありがとうございました。それと踊りを合わせていただいて、すみません」

「いや、とても楽しかった。生まれて初めてだ、ダンスを音が止《や》むまでしていたのは」

「私もです」

「そうか、よかった」

カリスト様はそう言って、私の手を取って甲に唇を落とした。

ダンスの相手を務めた女性にそうして礼をするのはよくあることだが、まさかカリスト様にしていただくとは思わなかった。

なんだか嬉しくて、そして恥ずかしくて……カリスト様の顔をしばらく見られなかった。


その後、カリストとアマンダはまたいろんな貴族に囲まれて、称賛の声を浴びた。

二人はそれに笑顔で対応していた。

だがカリストの心の中は冷めていた。

(十数分踊っていた俺たちに対して、飲み物を飲む暇や休む暇も与えずに、長時間話しかけに来るとはな。気遣いもできない連中だ)

カリストはそんなことを思いながら話していたのだが、隣にいるアマンダの様子がおかしいと気づく。

話していて一瞬だけ反応が遅れることがある。

ダンスが始まる前までは一度もなかったのに。

疲れたのだろうか、だが踊り終わったときは軽く息が上がっていたが、もう息は整っている。

(ならば他の理由？　では……！)

カリストはあることに気づき、すぐに行動に移す。

「皆の者、すまない。俺と彼女はそろそろ帰るとする。明日も予定があって忙しいからな」

「えっ、もうですか？　またお二人の素晴らしいダンスが見たかったのですが……」

「それはまたの機会に」

カリストは媚びを売ってくる相手を適当にあしらって、アマンダと向き合う。

仕事の都合で早めに帰ることなど伝えていなかったから、彼女は困惑した表情だ。

「カリスト様？」

「では行こうか、アマンダ」

「えっ、きゃっ！」

カリストはアマンダの膝裏に手をやって、横抱きにして持ち上げる。

アマンダや周りがとても驚いているが、そのまま歩き始める。

「カ、カリスト様!?　何を!?」

少し頬を赤くしているアマンダがそう言った。

「素敵なお嬢様を運んでいるだけだ、アマンダ」

「で、ですが人目が……！」

出口に向かって歩きながら、カリストは小さな声でアマンダに話す。

「足が痛いんだろ？　大人しくしていろ」

「つ……気づかれてしまいましたか」

「他の奴らは気づいていないみたいだから、大丈夫だ」

侯爵の相手がダンスで怪我《けが》をするなんて恥だ、とでもアマンダは思っていたのだろう。

だからバレないようにしていたが、カリストからすると全く問題ない。

周りから注目を浴びながら会場を出て、帰りの馬車に乗り込む。

カリストは横抱きにしていたアマンダを席に座らせて、靴を脱がせて痛むという左足を見る。

「靴擦れか」

「はい、すみません。久しぶりのヒールでのダンスでやってしまったようです」

申し訳なさそうにアマンダがそう言った。

「謝る必要はない。むしろ俺が気づかなくてすまなかった。ダンスをしているときは痛まなかったのか？」

「はい、ダンスに夢中だったので。終わった後に痛みに気づきました」

カリストは馬車の中で跪《ひざまず》き、アマンダの足に包帯を巻いていく。

「え、あの、包帯はいらないかと……！」

「いいから、大人しくしていろ」

カリストの言葉に恥ずかしがりながらも、大人しくされるがままになるアマンダ。

「よし、これでいいだろう。数日は安静にしていろよ」

「……いえ、その」

「なんだ、俺の言うことが聞けないのか？」

自分のせいで怪我をさせてしまったから、命令でもなんでもいいから安静にさせようとしたのだが……。

「家に帰ればポーションが作れるので、すぐに治せますが……」

「……あっ」

カリストはアマンダを普通の令嬢と勘違いしてしまったが、彼女は凄腕《すごうで》の錬金術師。

家に帰って素材があれば、十秒で怪我を治せるポーションを作れる。

「……そうだったな、すまない」

そう思うと「包帯はいらない」と言ったのも遠慮などではなく、すぐに治せるから包帯をするまでもない、ということだったのだ。

カリストは自分こそが冷静でなかったと気づいて、恥ずかしくなった。

ため息をつきながら馬車内の席に座る。

目の前でアマンダが笑みを浮かべていた。

「ご心配ありがとうございます、カリスト様」

「いや、いらぬ心配をしただけだったな」

「いえ、嬉しかったです。それにカリスト様の可愛らしいところも見られましたし」

「つ……揶揄《からか》ってくれるな」

「ふふっ、すみません」

ニコニコと笑っているアマンダをチラッと見てから、カリストは誤魔化《ごまか》すように馬車の外を見る。

しばらく無言のまま馬車は走っていたが、アマンダが話し始める。

「ですが、大丈夫ですか？　会場を出るときにあんなことをしてしまって」

「あんなことって？」

「それは、その……横抱きのことですよ」

アマンダは恥ずかしそうにしているが、「わかっているでしょ」とでも言うようにカリストのことを睨んでいる。

その愛らしい仕草に気分を良くしたカリストは「問題ない」と伝える。

「あれくらいで評判が下がることはない」

「ですが、あそこまで私に対して特別な対応をしてしまうと……今後、私以外の方を相手に選んだとき、カリスト様の評判が下がってしまうのでは？」

「ふむ、確かにそれはあるな」

アマンダが足を痛めたことには誰も気づいていなかったので、ただ横抱きにして運んでいるように見えたはずだ。

そんなことをした女性がいるのに、次に違う女性を相手に選ぶことは難しいだろう。

「まあなんとかなるだろう」

「そんな適当な……」

今後相手を探すのが難しい、というだけだ。

それなら簡単に解決する方法があるが……まだアマンダに言う必要はない、とカリストは判断した。

そんな会話をしているうちにも馬車は走り続け、気づくとアマンダの家に着いていた。

「さて、行くか」

「はい……えっ、きゃ！　ま、またですか？」

カリストはアマンダを横抱きにして馬車から降りる。

「靴を脱いでいるから歩けないだろ？」

「そ、そうですけど、肩を借りるくらいでいいのですが……」

「ダメだ、俺がこれくらいしないと気が済まないからな」

さっきは彼女が足を痛めていて、早く会場を出て手当てをするために急いでいた。

だが今は余裕をもっているので、横抱きをした彼女の表情などが見える。

揶揄われた仕返しだ、と思いながら恥ずかしそうにしているアマンダと共に、家に入る。

そしてアマンダは家の中にある素材でポーションを作って、痛む足にかけた。

すると赤く擦り切れていたところが治った。

「よし、治ったのならよかった」

「はい、ありがとうございます」

「いや、礼を言うならこちらだ。今日は君のお陰でとても楽しかった」

「久しぶりの社交界で少し緊張していましたが、カリスト様のお陰で楽しめました」

「それならよかった。お礼の素材は何か希望があるか？」

ダンスパーティーの相手を務めてもらう代わりに、貴重な素材を渡すという約束だ。

予想以上の立ち回りをしてくれたので、結構な大金を使ってでも取り寄せるつもりだ。

「俺が勝手に見繕うのもいいかもしれないが、何か欲しい素材はあるか？」

「そうですね……」

アマンダは顎に手を当てて軽く考えてから、「あっ」と言って。

「一つあります。精霊樹の枝です」

「……はっ？」

一方、ナルバレテ男爵家では――。

「あの無能なお姉様が、私を馬鹿にして！」

サーラが一人、自室で癇癪《かんしゃく》を起こして部屋の物を壊していた。

花が生けられていた花瓶や、壁にかけてあった絵画、カーテンなどが床に散らばっている。

ダンスパーティーから帰ってきてすぐで、ドレスもまだ着替えていない。

そのドレスも動きにくかったのか、裾の部分を破いていた。

「はぁ、はぁ……」

息を荒らげて部屋の物を壊し続け、当たり散らしてからソファに座った。

どれだけやっても気持ちが晴れることはない。

今日のダンスパーティーで、久しぶりにサーラの義姉、アマンダに会った。

彼女は男爵家にいた頃よりも綺麗になっていた。

ここ二年は仕事で忙しくて、容姿を整えるのは疎《おろそ》かになっていたはず。

サーラも容姿には自信があったが、社交界で人気になるのはアマンダのような落ち着いた綺麗な容姿の女性だ。

侯爵のカリストも容姿端麗だが、その隣に並んでも全く見劣りしていなかった。

サーラですらそう思うのだから、他の人も思っていたことだろう。

男爵家からいなくなった直後に侯爵のカリストと一緒に社交界に出ているなんて、サーラはとてもイラついた。

だからカリストとアマンダがまだ好き合っていないうちに、私が代わりに相手になると提案したのに。

自分の方が社交界の立ち回りが上手いと思って、侯爵のカリストに頼み込んだのに。

(何も、言い返せなかった……！)

カリストに言われたことは全て図星だった。

貴族の男性には人気だが、令嬢には恨まれていることが多い。

人気だからという逆恨み的な理由ではなく、婚約者がいる相手にも言い寄ったから。

いつもやっているように、身体を寄せてサーラから誘った。

するとあちらから断られて、その後にその伯爵家の男性に婚約者がいることを知った。

(知らなかったんだから、しょうがないじゃない……！)

サーラはそう思ったが、貴族社会はそうもいかない。

それ以降は貴族の男性からの真面目な誘いなどもなくなり、言い寄ってくるのは下心丸出しの男たちばかりだった。

今の状況をなんとかしないといけないと思い、勇気を出して侯爵のカリストに相手になることを申し込んだのに。

「これも全部、無能のアマンダお姉様のせいだわ……！」

アマンダがいなければ、自分が侯爵の相手になれたかもしれないのに。

（そもそも、お姉様が男爵家を捨てたのが悪いのよ。お父様やお母様に育てられた恩も忘れて、侯爵家の家柄だけに惹《ひ》かれて行くなんて、本当に最低よ）

自分のことを差し置いて、心の中でアマンダに責任転嫁する。

しかしそんなことを思っても、どうしようもない。

ただ自分の心を軽くするためだけに、そんな言い訳を心の中で並べていく。

そのとき、いきなり部屋のドアが開いた。

メイドだったら必ず声をかけてから入ってくるはずなのに、なぜか。

そう思って振り向くと、入ってきたのは父親のジェム・ナルバレテだった。

「お、お父様……！」

前までは父親のジェムに褒められることばかりで、怒られたことはなかった。

しかし……今は違う。

「サーラ、お前の部屋からまた物を壊す音がすると知らせがあって来てみたら……！　また癇癪を起こして、何をやってるんだ！」

「ひっ！」

これまでも何回か癇癪を起こしたことはある。

物を何個か壊したこともあるのだが、それで怒られたことは一度もない。

男爵家の中でもなぜか資金は十分にあるほうだったので、壊してもすぐに買ってもらえた。

それに壊した理由も全部適当に言い訳、主にアマンダのせいだと言えば、「あの無能が！」と怒りはアマンダに向いていた。

「こ、これはアマンダお姉様のせいで……！」

「俺の前であいつの名を口に出すな！」

「ご、ごめんなさい……！」

今はアマンダのせいにしようとしても、逆に怒りを買ってしまうようになった。

サーラとパメラ夫人は、アマンダがいなくなって本当に嬉しく思っているのだが、ジェムは違うようだ。

アマンダがいなくなってからヌール商会のモレノと話す機会が多くなり、イラつくことが多くなった。

それにサーラは理由は知らないが、今はなぜかナルバレテ男爵家に潤沢な資金がないようだ。

「また物を壊して……誰が稼いだ金だと思っている！」

「す、すみません……！」

「男爵家の金は全部、俺のものだ！　もうお前に使う金などほとんどないと思え！」

「そ、そんな……！」

今までよほど高くなければ、欲しいと言ったものは全て買ってもらえたのに。

「そ、その、せめてカーテンは……！」

「チッ、確かに外から見えたら男爵家の恥だな……。だが買うことはない、適当に余っている布をカーテンにしとけ」

「そ、そんな、もっと綺麗なものを……」

「黙れ！　お前が壊したのが悪いんだろうが！」

「ひっ……！」

今までこんなに怒られたことはないので、サーラは泣きそうになってしまう。

「俺は忙しいんだ！　次に物を壊したら、もう何も買わないからな！」

「は、はい、ごめんなさい……！」

ジェムは苛立《いらだ》ったように舌打ちをしてから、まだ原形を少し保っていた花瓶を蹴っ飛ばしてから部屋を出ていった。

サーラはさらに乱雑になった部屋の中で、悔しさや惨めさが湧き上がり、唇を噛む。

「どうして、私がこんな目に……」

アマンダが男爵家にいた頃は、まだ幸せだった。

学院でも成績が悪くて、いろんな人から嫌われていても、家に帰れば自分より無能な姉のアマンダがいると思っていた。

だけど……見ないふりをしていただけで、アマンダは優秀だと知っていた。

学院でも姉のアマンダが首席で合格したので、サーラが入るときは妹だということで期待されていた。

しかし勉強は苦手でやる気もなく、成績は全然ダメだった。

アマンダが優秀なのを、サーラは憎んでいた。

自分にもその才能が欲しかったと。

だけどアマンダが学院を卒業してからは、働き始めた先でなぜか無能ということになった。

だからジェムやパメラ夫人と一緒に虐《いじ》めていたのに、それをアマンダがあまり気にしている様子もなかったのがイラついた。

そして今、アマンダがいなくなってから……ナルバレテ男爵家は、何かが崩れていた。

無能と言われた
錬金術師
~家を追い出されましたが、凄腕だとバレて侯爵様に拾われました~

✦第 三 章✦

アマンダの錬金術師としての腕

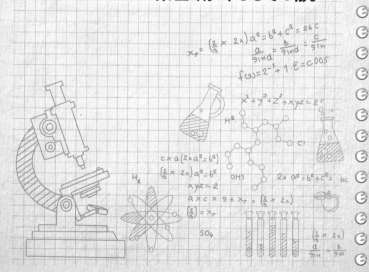

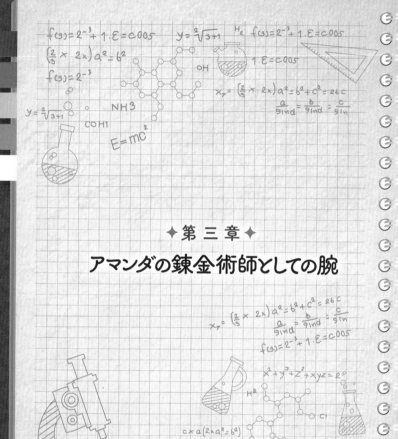

カリスト様とダンスパーティーに行ってから、二週間ほどが過ぎた。

私が引き抜かれてから約一カ月も経《た》ったのね、楽しい時間が過ぎるのは早いわ。

私の一日の仕事の流れは、まず午前中に開発部……ではなく、製造部の方に顔を出す。

「おはようございます、ニルスさん」

「おはよう、アマンダ」

製造部部長のニルスさんに挨拶をして、製造部の仕事場の一画を借りる。

ここで私は疲れを癒《いや》す緑のポーションを作っている。

目の前にはポーションの素材が多く並んでいて、おそらく百個ほど作れるだろう。

よし、やっていこう。

「『解放、定着、純化、抽出――錬成』」

これを一つずつやっていく。時間がかかるけど、百個くらいは特に問題はない。

ヌール商会にいた頃は毎日同じものを作っていたからつまらなく感じてきたけど、今は同じものを作っているといっても数もそれほど多くない。

「いつも見ているが、本当に速いな……」

「ニルスさん、ありがとうございます」

「もはや速すぎて呆《あき》れているんだが……効果を半分に薄めたものですら、ファルロ商会の錬金術師が十分以上かけて作るんだぞ」

私と開発部部長のオスカルさんで、疲れを癒すポーションの開発を進めて、私が独自に作ったものの効果を半分に薄めたポーションが出来たのだ。

共同開発で結果を出したのは初めてだったから、出来たときは本当に嬉《うれ》しかったわ……！

これで大量生産ができるようになったが、やはり通常の効果のものも欲しい。

だから毎日ではないけど、私がこうして製造部に来てポーションを製造しているのだ。

私は開発や研究も好きだけど、錬金術を使って物を作るのも好きなので、製造をさせてもらえて嬉しい。

それにほとんどの時間は魔道具を開発しているから、製造をすることで気分転換にもなる。

三十分ほどで百個ほど出来上がり、ニルスさんに報告する。

「ニルスさん、終わりました」

「ありがとう。ではいつも通り、他の魔道具の製造の見学を――」

「します！　ありがとうございます！」

緑のポーションを作った後は、魔道具を製造しているところを見学させていただいている。

まだ作り方を見たことがない魔道具が多いので、見学をするのがとても楽しい。

ニルスさんが製造部の人たちに私のことを説明してくれているので、隣で見ていても問題はない。

だけど夢中で見ていて、笑われることがある。「なんだか目をキラキラさせて子供みたい」って……少し恥ずかしい。

一時間ほど眺めると、製造部の皆さんにお礼を言ってから開発部の方へ。

「あっ、来たね、アマンダちゃん」

「はい、オスカルさん、今日もよろしくお願いします」

開発部部長のオスカルさんと挨拶をして、共同開発を進めていく。

今日は一カ月前に初めて私が出会った、ドライヤーについてだ。

「髪の毛を温風で温めて早く乾かすこと自体はいいと思うんですけど、髪って熱を与えすぎるとダメージを受けて傷んでいきます」

「前に試してみたら、確かにそうだったよ。僕はドライヤーを使ったことがなかったから、あまり知らなかったけど」

「だからドライヤーに温風だけじゃなく、冷風も出せるようにするのはどうでしょう？　ボタン一つで変えられるようにするのは？」

「うん、いいと思う。温風を出すのは魔石とかが必要で難しかったけど、冷風なら風を出すだけでいいのかな」

「多分いいかと思います。風の強弱もつけられたらと思いますが……」

「確かに、それができるとさらに便利だね」

という感じで、どういう開発をするのかの方針を決めて、それに向けて何をすればいいのかを模索していく。

開発のアイディアに関してはオスカルさんに遠く及ばないが、実際に開発に向けて一緒に研究していくときは役に立っているはず。

「アマンダちゃん、ここに魔力を注ぎ込んで」

「はい」

「うん……あ、爆発した」

「魔力が高すぎたのでしょうか？　魔石の大きさを調整したほうがいいですかね？」

新しいドライヤーの試作品を何個も作り、試していく。

最初はなかなか上手《うま》くいかないが、それが開発や研究の醍醐味《だいごみ》ね。

オスカルさんも私も諦めなどの感情は全く起こらず、むしろさらに熱中して研究していく。

そうしているといつも昼食を取り忘れて、開発部の他の方に声をかけられるまでずっと作業を続けてしまう。

「オスカル部長、アマンダ副部長、昼食の時間ですよ」

開発部の方に声をかけられた通り……この一カ月で私は、開発部の副部長にまでなってしまった。

もともと副部長の役職が空いてはいたが、やりたがる人がいなかったらしい。

その理由はオスカルさんが原因で、誰も彼についてこられなかったからという話だ。

「えっ、もうそんな時間？　いやー、時間が過ぎるのは早いね」

オスカルさんは、昼食も取らず、休憩も取らず、ただ魔道具の開発のことだけを考えている変態……と開発部の中では言われているらしい。

前に副部長になった人はオスカルさんに付き合わされて大変だったらしく、その後は誰も副部長をやりたがらなかったそうだ。

そんな中、一カ月前に入ってきた私がずっとオスカルさんと共同開発をしていたら……なぜか副部長に就任してしまったのだ。

「その、本当に私が副部長でいいんですか？」

ファルロ商会の食堂で用意していただいた昼食を、開発部の人たちと食べながら話す。

「いいんですよ、実力も熱量もオスカルさんに匹敵する人なんて、なかなかいませんから」

「そうですそうです、私たちじゃオスカルさんを満足させられませんでしたから」

「なんかその言い方は語弊があるのでは……？」

そんな話をしながら、一緒に昼食を楽しむ。

前のヌール商会では食堂なんてなかったし、昼食も自分で用意しないといけなかったから、ここは本当に働きやすい職場ね。

以前は他の従業員の方はほとんど見たこともなかったから、雑談なんてしたこともなかったし。

昼食を終えると、再びオスカルさんと共に開発を続ける。

午後はそこに他の人たちも交えて行うので、さらにアイディアが豊富に出てきて楽しい。

いろんな魔道具や商品の開発、改善点などを議論していき、試していく。

それらが終わると、また私とオスカルさんは二人でドライヤーの開発を進める。

何個も何個も試して、試して……そしてついに。

「いけた……オスカルさん、出来ましたよ！」

「そうだね！　これで温風と冷風、ボタン一つで切り替えられるようになった！」

ついに私たちが求めていたドライヤーが出来上がった。

外を見るともう日が沈んでいて、そろそろ終業時間になるだろう。

だけど……。

「ですがやはり風の強弱は難しいですね。改善の余地は十分にあると思います」

「風の魔石を一つしか入れていないから、やっぱり一定の風しか出ないよね。風の魔石を大小一つずつ入れたら、強弱をつけられるかな？」

「そうするとドライヤー自体を大きくしないといけない気がします。使う人の魔力で調整ができればいいんですが」

「使う人の魔力量をいちいち調べることもできないしね。やっぱり今まで通りに魔石を使うのがいいと思うけど――」

終業時間が過ぎても、私とオスカルさんは研究を続けてしまう。

いつも残業をして、他の人に怒られる寸前まで仕事をしている。

前の職場では残業なんてうんざりだと思っていたのに、ここだと楽しすぎて残業をしたいと思ってしまうわね。

だけど残業をしすぎると体調を崩して、次の日に朝から仕事ができなくなるから、ほどほどにしておかないといけない。

夜の八時くらいに仕事を終えて、私は帰路につく。

帰り道に商店街があり、ここで食材などを買うことができる。

今日は家に食材などが余ってるから、買わなくても大丈夫かな？

そう思いながら歩いていると、男性二人が前を歩いているのが見えた。

そしてその手には緑のポーションが……！

あれは私が開発したやつだよね？　色も少し薄いし、大量生産しているほうだ。

仕事帰りなのかわからないけど、どこかへ向かっている。あっちは居酒屋などが立ち並んでいるほうかな？

あっ、二人の男性がポーションを飲んだ……！

「はぁ、このポーションはマジでいいよな。疲れが吹っ飛ぶ！」

「本当な！　これがあればマジで無敵だわ！」

お、おお、使った人の生の感想だ……！

こんな近くで聞ける機会はなかなかないので、少し近寄って聞き耳を立てる。

「仕事終わりにこれ飲んだら、本当に疲れが消えるよな」

「ああ、本当に感謝だよな。最初は怪我《けが》のためのポーションかと思ったけど、疲れを取るポーションってすごいよな」

「これよりも濃いポーションもあるらしいけど、これでも十分だよなぁ」

なるほど、確かに薄い大量生産の方は、身体の疲れが結構取れる。

だけど濃いポーションはそれに加えて肩こりとか目の疲れとかも取れるから、その価値の分、少し値段が高めに設定してある。

高めといっても平民でも届くくらいの値段だったと思うから、あの人たちもいつか買ってくれると嬉しいなぁ。

「それと、これって二日酔いにも効くよな」

「そうそう！　仕事終わりに半分飲んで、めちゃくちゃ酒を飲んだ翌日の朝に飲む。これがいいよな！」

えっ、そうなの？　二日酔いにも効くの？

私たちが作ったときに、その使用方法は想定していなかった。

だけど使う人が新しく使用方法を思いつくっていうこともあるのね。

「よし、こっから朝まで飲むぞー！」

「それは無理だろ！」

男性二人が楽しそうに笑いながら、肩を組んで居酒屋の方へと歩いていった。

私の作った商品のお陰で楽しそうだけど、身体は大事にしてほしいわね……。

だけど……。

とても楽しそうに笑みを浮かべる男性二人。

私が開発した商品のお陰で、ああやって楽しんで笑顔になってくれているのね。

ヌール商会にいた頃は商品を手に取ってくれる人たちの姿なんて、見ている余裕は全然なかった。

自分の商品で人を笑顔にできたというのは、私も本当に嬉しいし、幸せだわ。

これからも頑張ろう。


その後、私は商店街を抜けて家まで向かうと、玄関の前に人がいるのが見えた。

あれは……。

「カリスト様、こんばんは」

「ああ、アマンダ。こんばんは。待っていたよ」

他人に認識されづらくなるというマントを羽織って、カリスト様が待っていた。

私が近づくとフードを下ろして笑みを浮かべた。

「いつも言っていますが、職場に連絡をくだされば早めに帰ってきますよ？」

「いや、それはさすがにできないな。俺が社交界を抜けて、キールにバレないようにここに来ているだけだから」

「それは私に遠慮をしているわけじゃなく、職場に連絡するとキールさんに居場所がバレるから連絡しないってことですか？」

「そうとも言うな」

ニヤリと悪い顔で笑うカリスト様に、私はため息をつく。

先日のダンスパーティー出席の後から、彼は私の家を逃げ場所に使っている。

もともとこの家はカリスト様が用意してくださったものだから、私としては使ってもらって構わないんだけど……キールさんにバレたときに、私も怒られそうで怖い。

「それに家の前で待ってるよりも中で待っていたほうがいいのでは？　合鍵も渡しますよ」

「いや、それは大丈夫だ」

「そうですか？」

「ああ……だが君は無警戒すぎないか？　信頼されているからなのかわからないが」

「こんな家に住まわせてもらっているのはカリスト様のお陰なので、合鍵を渡すのは構わないのですよ」

「……まあ、遠慮しとく」

なぜ微妙な顔をされるのかはわからないが、とりあえず一緒に家へと入る。

家の中には、初めてカリスト様が来たときから家具が結構増えた。

カリスト様が「もうちょっと住みやすいようにしたほうがいいんじゃないか？」と言って、空いていた場所にソファやローテーブルを置いたのだ。

住みやすいようにというか、そこで私とカリスト様が座って談笑しやすいように、という感じだ。

カリスト様はファルロ商会の会長だから、魔道具などには詳しいので話していて楽しい。

だから私は大歓迎なのだが……そんなにたびたびここに来ていいのかしら？

一応カリスト様って侯爵家の当主よね？

一人の女性の家を何回も訪れたら、何か悪い噂《うわさ》が流れるのでは？

「今日の夕食は何だ？」

私が心配をしているのに、カリスト様は家の中で寛《くつろ》いでいる。

「前に買った魚があるので、今日は魚のムニエルです」

「そうか、それは美味《おい》しそうだ」

「というか、侯爵家の本邸で食べないのですか？　私が作る料理よりも、侯爵家で食べるほうが絶対に美味しいと思うのですが」

「帰ったらキールがいるかもしれないだろ？　それにアマンダの料理はとても美味しいぞ、侯爵家の料理人に匹敵する」

「それはさすがに本職の料理人の方に失礼なのでは？」

私も料理は好きだけど、そこまで上手いとは思わない。

だけどカリスト様が美味しいと言ってくれるのは嬉しいから、腕を振るって作る。

「ふむ、今日も美味《うま》いな。アマンダに胃袋を掴《つか》まれてしまったようだ」

「それはよかったです」

いつも通り大袈裟《おおげさ》に褒めてくれるが、それでも美味しそうに食べてくれるのは嬉しい。

そうして夕食を食べた後、最近は二人で食器を洗っている。

侯爵家の当主のカリスト様にそんなことをやらせるわけにはいかない、と前に断ったことがあるけど、彼は頑《かたく》なに食器洗いをする。

むしろ「アマンダは休んでてくれ」とか言ってくる……侯爵様に雑用をやらせて私が休んでいるなんてできるわけがない。

仕方なく一緒に食器を洗うけど、そろそろ魔道具で食器を勝手に洗ってくれるものを作ろうかしら？

あ、それいいかも、全自動の食器洗い機、次に開発する魔道具はそれにしよう。

思わぬことがきっかけで魔道具のアイディアが出たところで食器を洗い終わり、私とカリスト様はソファに座って話をする。

「そうだ、今日はアマンダに話があるんだ」

「なんでしょう？」

「報酬の件、精霊樹の枝についてだ。王都でいろんな伝手《つて》を使って探してみたが、やはりなかったようだ」

「そうですか……」

その報告に私は少し落胆したが、予想はしていた。

とても希少なもので、滅多に市場に出回らない。

まず入手が困難で、精霊樹がどこに生えているかは不明。

不明というよりも、生えているのを見つけても一カ月ほどで消えてなくなるらしい。

それこそ精霊の悪戯《いたずら》のように生えて、消える。まさに精霊樹という名に相応《ふさわ》しい。

その枝は魔石よりも濃厚な魔力がこもっていて、魔道具の材料にしたら……ふふっ、とっても楽しそうだわ。

だから欲しかったけど、ないなら仕方ない。

「だが、精霊樹が生えているという場所の情報は得られた」

「っ、本当ですか!?」

その情報ですら今まで私は掴んだことがない。

前の職場では忙しすぎて、情報を探している暇もなかったけど。

「ああ、ファルロ商会の運び人が森を通っているときに、偶然その痕跡を見つけたようだ」

「痕跡……つまり精霊樹の葉が？」

精霊樹は森の中に生えることが多く、その半径数キロ内のどこかに精霊樹の葉が落ちていることがある。

精霊樹の葉は普通の葉とは違い、形が大きくて光っているからすぐにわかる。

それがあるということは、その近辺に精霊樹が生えているということだ。

ちなみに精霊樹の葉はそこまで魔力がこもっていない、せいぜい小さな魔石程度。

それでも希少だから高値で取引されるが、私はあまり興味がないわね。

「しかしその森というのが厄介で、魔物がとても多くいるそうだ。冒険者でも近づきたくないくらいの森らしい」

「そうなのですね」

冒険者というのは冒険者ギルドに所属している傭兵《ようへい》の方々だ。

主に魔物の討伐や素材の採取、護衛などの仕事をしていることが多い。

平民の方でも一攫千金《いっかくせんきん》が狙えるほどの職業だけど、その分かなり危険を伴う。

「だがアマンダの希望する報酬だから手に入れたいと思っているし、精霊樹の枝はかなり希少で有用性が高い。ファルロ商会の会長としても、普通に欲しい」

確かに精霊樹の枝があれば普通に売っても高値で取引されるし、開発部に素材が来ればとても有効に使えるだろう。

「だから取りに行きたいと思っているが、あの森に取りに行ってくれる冒険者がいるかどうかだな。ファルロ商会にも抱えの冒険者はいるが、実力が足りるかどうか……」

「私が行っていいですか？」

「ん？　アマンダが、どこに行くって？」

「精霊樹が生えているという森にです」

私の言葉に、カリスト様が目を丸くした。

「いや、今言ったと思うが、とても危険な森なんだ。強い魔物が多くいる」

「わかっています。だけど私は錬金術師なので大丈夫です」

「錬金術師だから危険がないっていうのはよくわからないが？」

「錬金術で作った魔武器があるので。それに学院生の頃は、よく一人で素材採取のために出かけていました」

その言葉にカリスト様はさらに驚いたような表情になり、額に手を当てた。

「えっと……アマンダは一応、男爵家の令嬢だよな？」

「そうですね、一応」

「そんな令嬢が、一人で王都の外に行って素材採取をしていたと？」

「はい、学院で長期間の休みがあるとほぼ毎回。だから野宿するためにテントも作りました」

「ああ、そういえば俺とアマンダは、君のテントで出会ったんだったな」

そうだ、私が男爵家で追い出されて外で一泊したときに、カリスト様が来たんだった。

あれがあったからこうしてカリスト様と出会って、ファルロ商会に引き抜かれた。

まだ一カ月前の出来事だけど、なんだか感慨深いわ。

「ドラゴン種とかがいない限り、無傷で採取できる自信があります。ドラゴン種がいたら無傷では済まないかもしれませんが、必ずその素材を採取します」

「今の君の言い分だとドラゴン種を倒して素材を採取するって言ってるみたいだぞ」

「そう言っていますので」

ドラゴン種の素材は精霊樹の枝と同等かそれ以上に価値がある。

鱗《うろこ》も内臓も血も、全てが錬金術の素材になるのだ。

おそらく森にはいないと思うけど、いたら絶対に倒して素材を採取する。

「はぁ……アマンダには会ったときから毎回驚かされるな。だが今までの錬金術の腕を見るに、君の魔武器も相当なものなのだろうな」

「そうですね、悪くはないと思います。ただ量産とかは絶対にできないというか、私以外の人には使えない魔武器になりますが」

「そうか……」

今度は顎《あご》に手を当てて少し考えるカリスト様。

私が精霊樹の枝を取りに行っていいか考えてくれているのだろうか。

あっ、だけど私はファルロ商会で働いているのだ。王都の外へ素材を採取しに行くとなると、何日間もかかる可能性がある。

その間は仕事ができないから、それを考慮すると私が行ってはいけないのかも。

それなら一緒に社交界に行ったことへの報酬として数日の休日をいただいて、もともとの報酬とは関係なしに採取しに行くのもありね。

精霊樹が生えている場所の情報だけでも十分だわ。

「カリスト様、すみません。仕事のことを考えていませんでした。確かに素材採取は仕事を休まないといけないので、簡単に許可をするわけにはいきませんよね」

「ん？　ああ、それを考えているのではないぞ。ただ本当にアマンダが大丈夫なのか心配なだけだ」

「えっ、あ、ありがとうございます……」

とても真剣に考えていることが、私の身の安全のことだったなんて……少しドキッとしてしまった。

「仕事の方も別に数日くらい休んでも問題はない。むしろアマンダはオスカルと一緒に働きすぎているから、休んだほうがいいくらいだ」

「オスカルさんと共同開発をするのは楽しいので」

「ふっ、それはよかったよ。じゃあ、そうだな……精霊樹が生えている森に行く許可は、君の魔武器や実力を見てからでいいか？」

「はい、わかりました」

「アマンダの実力を疑っているわけじゃなく、ただ心配なんだ。わかってくれ」

「も、もちろんです、ありがとうございます」

優しい微笑《ほほえ》みを浮かべて心配する言葉を言ってくれたカリスト様に、私は視線を逸《そ》らしながら答えた。

カリスト様はとても優しい人で私だけじゃなくて、他の人にもこうして心配をしているのだろうけど……さすがに照れてしまう。

「それと一人で行くのもダメだ。何かあったら一人じゃ危なすぎる」

確かにカリスト様の言う通りね。

私が学院生の頃に一人で素材採取をしに行った理由は、一緒に行く人がいなかったから。

友達も特にいなかったし、家族に頼ろうにも男爵家の全員に嫌われている。

休日に素材採取をしに行っていた理由も、家にいたくないからというのが大きい。

一人で行くよりも、複数人で素材採取をしに行ったほうがいいに決まっているが……。

「ふむ、誰がいいか……オスカルやニルスはなかなか強いから、あいつらと行くのもありだが……」

「開発部部長と、製造部部長のお二人ですか？　あの二人がお強いとしても、職場の部長が二人もいなくなるのは支障があるのでは？」

ニルスさんがいなくなっても製造部の副部長はいるから問題ないかもしれないが、私とオスカルさんは部長と副部長だから仕事に支障が出る可能性がある。

……あれ、だけど難しい書類仕事とかはオスカルさんはやってないし、私も今まで他の人がやっていた書類仕事をしているだけだから、別にいなくても問題ないかしら？

そう思うと、副部長って本当にオスカルさんについていける人を任命しただけなのね。

「冒険者でもいいが、粗暴な奴が多いしアマンダと一緒に行かせるのは癪《しゃく》だな……」

ぶつぶつと呟《つぶや》いて人選しているようだが、あまりいい人がいないらしい。

それなら一人でも慣れているし、一人でもいいんだけど……。

「カリスト様、別に無理に人選しなくても、私一人でも大丈夫ですよ？」

「いや、それはダメだ。最悪、俺が……ん？　いや、別に俺でいいか？」

「えっ？」

「そうだな、うん、俺が一緒に行こう」

「えぇ!?　カリスト様が!?」

私は思わず大きな声を上げてしまったが、カリスト様は頷《うなず》いた。

「ああ、俺は自分で言うのもなんだが結構強いし、森に行ったりするのも慣れている」

「で、ですが侯爵家の当主のカリスト様と一緒に行くのは……！」

「他にいい奴がいないからな。それにアマンダと一緒に素材採取に行くのは楽しそうだ」

そう言ってニヤッと笑うカリスト様。

え、嘘《うそ》？　本当に侯爵のカリスト様と一緒に素材採取をしに行くの？

――そして、数日後。

私は小綺麗《こぎれい》な馬車に乗っていた。

目の前にはカリスト様が座っているが、前のように社交界に行くわけではない。

私もカリスト様も動きやすい服装で、カリスト様は剣を持って防具などもつけている。

なぜなら、私とカリスト様はこれから精霊樹が生えている森へと向かうからだ。

……まさか本当にカリスト様と一緒に行くことになるとは思わなかったわ。

「どうした、アマンダ。体調でも悪いか？」

「いえ、それは大丈夫ですが……本当にカリスト様が来ていいのですか？」

「またその話か？　俺は侯爵家の当主だが、ファルロ商会の会長だ。会長なら新しく商品になるかもしれないものを見に行くのは、当たり前のことだろう？」

「いや、会長だとしても危険な場所に自ら行くことはないと思いますが……」

それに侯爵家の当主がほとんど護衛もなしに外に行くのもどうかと思うわ。

「そうか？　まあ人それぞれだな」

特に気にした様子もなく、楽しそうにしているカリスト様。

本当にこのまま行くのね……。

「お二人とも、準備はいいですか？」

御者を務めるキールさんが、馬車の扉を開けてそう言った。

彼もカリスト様が行くことにはもちろん反対していたが、最終的に折れるしかなかったようだ。

「ああ、久しぶりに貴族のしがらみを忘れて旅行に行く感じがして、楽しみだな」

「カリスト様、一応仕事ということをお忘れなく」

「わかってる、キール。そう心配するな、アマンダの魔武器を見ただろ？　あれがある限り、そうそう怪我なんてしないだろう」

「確かにその通りですが……」

「あの、そこまで信用しないでくださいね？」

今回のために見せた魔武器がとても評価されているようで嬉しいが、カリスト様を完璧に守れるかと言われると少し怖い。

魔武器をオスカルさんにも見せたら、

『なにそれなにそれ最高じゃん！　めっちゃ面白いし強いね！　だけどとんでもない魔力量を持っているアマンダちゃんだからこそ使える魔武器だから、普通の人でも使えるようにするにはとんでもなく大きな魔石が必要で――』

とすごく興奮してくれて、私も見せた甲斐《かい》があった。

そんなことを思い出していたら、すでに馬車が出発していた。

カリスト様が用意してくださった馬車なので、中はとても広くて座席もふかふかだ。

長時間の移動になるけど、これだったらそこまで辛《つら》くないだろう。

私が一人で素材採取に行くときは歩きだったため、あまり遠くまで行けなかったから、行ったことがない森へ行くのが楽しみだ。

ここから森に行くのは数時間かかるが、朝早くに出発しているので昼前には着く予定だ。

そこで軽く昼食を食べてから森の中で精霊樹を探す。

私が精霊樹を探すためだけに作った魔道具があるので、まだ精霊樹が生えているのであれば早めに見つかると思う。

上手くいけば、日が沈む前に王都に戻ってこられる。

だけど日が沈んだら馬車を走らせるのは危ないので、野宿する予定だ。

「野宿するとき、本当に私のテントに入らなくていいのですか？　男性二人だったら問題なく入れるくらい広いですが」

カリスト様には前に見せているからわかっていると思うけど。

「いや、さすがにそれはできない。俺もキールも男だから、男女が一緒にテントで寝てはいけないだろう。俺とキールは馬車で寝るよ」

「それだったら私が馬車で寝たほうがいいのでは？」

「いやいや、テントの持ち主を馬車で寝かせるわけにはいかないだろ。それにアマンダは女性なのだから、野宿の時は休んでくれ」

「……ありがとうございます」

優しい笑みでそう言われると、私も何も言えない。

よし、私にできることは早めに精霊樹を探して、素材を採取することね。

頑張らないと！

そして数時間後、馬車は森に着いた。

前に精霊樹の葉があったというあたりまで向かって、そこで私とカリスト様は降りる。

「ふむ、もう葉はないか。どこかの誰かが持っていったか」

「そうでしょうね、だけどどこにあったのは確かなようなので、精霊樹がまだあるとしたら遠く離れていないと思います」

カリスト様とキールさんがそう話している間に、私は魔道具を起動させる。

手のひらサイズのコンパスのような形をしているが、東西南北の方角を指すものではない。

これは魔力が高いものがある方向を指す魔道具となっている。

最初に作ったときは、魔力の限界が見えない私をずっと指していたけど、これは私の魔力に反応しないように作ったので大丈夫ね。

魔道具を起動すると、しっかり森の中を指した。

「魔力の反応はあちらから出ているようです。特に動いている様子もないので、魔物を指しているわけでもなさそうですね」

「なるほど、ではまだ精霊樹はあるようだな」

「はい、無駄足にならずに済みそうでよかったです」

私たちはそう話しながら、一度馬車の中に戻って昼食を食べる。

昼食は私が朝出る前に作ったサンドウィッチだ。手軽に食べられるので、いつも一人で素材採取に行くときは持っていく。

「アマンダ様、私の分もありがとうございます」

「いえいえ、キールさんも御者お疲れさまです」

「とても美味しいですね、アマンダ様は料理もお上手のようです」

執事兼秘書、そして今回は御者も務めてくださっているキールさん。

この方は中性的で綺麗な顔立ちをしている。

目が吊《つ》り上がっているけど眼鏡をかけているので、鋭い雰囲気が中和されている気がする。

いつもカリスト様の相手をしているので疲れているだろう、社交界の時には逃げられているし。

まあ、匿《かくま》っている私が言うことじゃないと思うけど。

「ふむ、アマンダの料理はいつも通り美味いな」

「ありがとうございます、お口に合ったようでよかったです」

いつも美味しそうに食べてくれるカリスト様と微笑み合っていると……。

「いつも通り？　カリスト様はアマンダ様の料理を何回も食べたことがあるのですか？」

「っ……！」

キールさんの鋭い指摘に、カリスト様は食べていたものが喉に詰まったように胸を叩《たた》く。

私はお茶を渡しながら、内心焦っていた。

ど、どうしよう、いつも私の家に来ているのがバレるかも……？

お茶を飲んで落ち着いたカリスト様が視線を逸らしながら話す。

「い、いや……前に商会の食堂でアマンダが作っていたお弁当を何回かもらったんだ。その時のことを思い出してな、なぁ？」

「そ、そうですね。はい、食堂でお弁当の具を分けました」

私とカリスト様は視線を合わせ、話も合わせてキールさんを誤魔化《ごまか》す。

「……そうですか。まあ私もいつもカリスト様のそばにいるわけじゃないので、知らないことがあるのは当然ですね」

ふぅ、なんとか誤魔化しきれたようだ。

一応、今後は昼食にお弁当を持っていって、裏取りされてもいいようにしておこう。

もう遅いかもしれないけど。

その後、私たちは昼食を食べ終わり、高い魔力反応がある方向へと向かう。

さっきと同じ方向なので、動いていないということはやはり精霊樹の可能性が高いだろう。

「キール、お前は身を守る術《すべ》がないから俺から離れるなよ」

「わかっていますよ、カリスト様。主人に守られる配下でお許しください」

「申し訳ないって思っているか？」

「いえ、特には」

「だろうな」

やっぱり仲が良いわね、カリスト様とキールさんは。


その後、私たちは森の中を歩いていく。

高い魔力反応がある方向へ歩いていくと、すぐに光る葉……精霊樹の葉が落ちているのが見つかった。

「やはりこの先にあるみたいですね！」

「ふっ、そうだな」

私が葉っぱのそばで興奮して喋《しゃべ》ると、カリスト様が微笑ましそうに見てきた。

少しはしゃぎすぎたかしら？　だけど精霊樹を見つけたら、もっとはしゃいじゃうと思うけど……。

「おそらくここから約五キロメートル圏内に精霊樹がある。一時間ほど歩けば着くかもしれないな」

「そうですね、精霊樹の葉は半径五キロメートルより外にはほとんどないですから」

精霊樹の葉は光っていて大きいけど、そこそこ軽いので風で飛ぶ。

だけどなぜか精霊樹から一定以上の距離を飛んでいくと、消えてしまうらしい。

でも人が拾ってどこかへ持っていっても消えない……よくわからない葉っぱだ。

この先にあるというのは確定したので、とても楽しみね。

そんなことを考えていたら、私が持っている魔道具が「ビービー」と音を鳴らし始めた。

「お二人とも、魔物です。方角は四時方向です」

私が指差した先を全員で見ると、そこには狼《おおかみ》型の魔物が数匹いた。

約百メートル先に何匹いるかは目視ではわからないけど、私が持っている魔物感知の魔道具でならわかる。

「五匹いるようです。ご注意を」

「ああ、わかっている。それとやはり、百メートル圏内に魔物が入ったらすぐにわかるというのは、なかなか反則だな」

「そうですね、これだけで不意を突かれないで済むとなると、多くの人たちの命を救うことになるでしょう」

まだ魔物が遠くにいるので、二人は警戒しながらも話している。

確かにこの魔道具はとても便利なのだけど、これを常時展開するためには多くの魔力が必要になる。

だけど一瞬だけ展開することもできるので、これはもしかしたら商品化できるかもしれない魔道具だ。

一瞬だけでも、さらにもう少し範囲を狭めても、魔物を発見する魔道具はかなり使えるだろう。

でも、私専用のもう一つの魔道具……いや、魔武器は――。

「っ、来たぞ！」

カリスト様の言葉の通り、狼の魔物が一斉にこちらに向かってきている。

どう見ても私たちを狙っているようだ。

私たちを狙わずにどこかへ行ってくれるなら、見逃してあげたんだけど……。

「お二人とも、お下がりください」

私が一歩前に出て、腰に付けていた魔武器を手に持つ。

銃のような形をしているが、引き金を引いて撃ち出すのは鉛玉ではない。

五匹の魔物の方に向けるけど、特に狙いをつける必要もない。

これは、そういう魔武器だから。

「『解放、捕捉、照準、固定――錬成、照射』」

魔武器の機能で魔物の魔力を感知し、照準を合わせて、魔物を確実に仕留めるほどの魔力の塊を錬成し、撃つ。

光の球が五つ、数十メートル先にいる狼の魔物に向けて一気に照射された。

全ての球が頭に命中、避《よ》けようとしたようだがそれすら追跡している。

五四、頭が吹き飛び、絶命……よし。
「終わりました」

「エグいな」

魔武器を腰に戻して振り返り、倒したことを報告した瞬間、カリスト様にそう言われた。

「まずはお疲れさまでした、でしょう、カリスト様」

「いや、そうなんだがな……こんな遠くから確実に魔物を仕留められる魔武器なんて、見たことがない」

「そうですね、緻密な魔力操作と、とてつもない魔力量が必要でしょう」

褒められている、のかしら？

そうだといいけど、一つだけ訂正しておこう。

「キールさん、緻密な魔力操作とおっしゃいましたが、この魔武器にはそれがあまり必要ないです」

「そうなのですか？」

「はい、魔武器に魔力を流せば勝手に操作してくれます。そのように作りました」

別に緻密な操作ができないわけじゃないけど、いきなり魔物が襲ってきたときに緻密な操作が必要だったら危険すぎる。

「ただ莫大《ばくだい》な魔力が必要です。おそらく普通の人の魔力量だったら、一発撃つだけで枯渇します」

「そ、そうなのですか」

「ああ、俺も試してみたが、三発が限度だった」

カリスト様でも三発、それでも常人の三倍以上の魔力量ってことだけど。

私はこれを百発以上は撃てる。

おそらく限度はあるのだろうけど、百発撃っても全く疲れなかった。

「だからこれは私専用の魔武器、というわけです」

「なるほど……今のは五匹で五発でしたが、何匹まで捕捉可能なのですか？　つまり同時に何発撃てるのですか？」

「前に三十匹の魔物に囲まれて、一気に殲滅《せんめつ》できました。おそらくそれ以上もいけますが、やったことはないですね」

「……凄《すさ》まじいですね」

キールさんは冷や汗を流しながら息を呑《の》んだ。

「しかしこれは本当に危険ですね」

「はい、ですが私以外はほとんど使えないので、大丈夫かと思います」

「いえ、魔武器の存在もそうですが、それを扱えるアマンダ様の存在がです」

「私がですか？」

「王国の騎士団がアマンダ様とその魔武器の存在を知れば、確実に手に入れたいと思うでしょう。アマンダ様一人とその魔武器で一千人分の武力になります」

「……」

確かにその通りかもしれない。

私も最初にこれを開発したときは、正直やりすぎたかもしれないと思った。

絶対に人間の魔力には反応しないように作ったけど、これを人に向けたら……想像するのが怖い。

「大丈夫だ、バレることなんてない。心配するな、アマンダ」

「カリスト様……」

「その存在を知るのは俺とキール、それに開発部部長のオスカルだけだ。俺たちはもちろん誰にも言わないし、オスカルもああ見えて節度は守る男だ」

「……そうなのですね」

製造部部長のニルスさんの部屋にいきなり突撃していたオスカルさんを思い出して、少し不安に思ってしまった。

「ニルスとオスカルは仲が良いからな、あれくらいはじゃれ合いに近い」

「な、なるほど」

私が考えていたことが見透かされたようで、カリスト様は笑いながらそう言った。

確かにあの二人は本当に仲が良いわね。

「だから騎士団にバレることはないだろう。それにバレても大丈夫だ」

カリスト様が近づいてきて、魔武器を持っていた私の右手を取った。

「俺が守ってやる。侯爵家の権力、商会の財力、全てを使ってでもな」

「っ……」

手を握りながらそんなことを言われて、思わず言葉が出なくなる。

カリスト様の不敵に笑う顔が今まで以上に魅力的に見えてしまい、頬《ほお》が熱くなって顔を逸らした。

「俺の大事な……従業員だ。騎士団なんかに取られるわけにはいかないだろ」

「あ、ありがとう、ございます」

私はときめいてしまったが、勘違いしないようにしっかりしよう。

これは私の能力を認めてくださって、従業員として大切にしていただいているのであって……決してそういう、女性として見られているわけではないわ。

「お二人とも、いい雰囲気のところ申しわけありませんが、先を急ぎましょう。魔物の死体の臭《にお》いなどで他の魔物も集まってきてしまうかもしれませんので」

「そ、そうですね。行きましょう、カリスト様」

「ああ、そうだな」

カリスト様は私の手を離して、隣を歩く。

さっきよりも少し近い距離にドキドキしながらも、私は深呼吸をして落ち着く。

そして私たちはそのまま森の中を歩いていく。

一時間後、私たちは順調に森の中を進んでいたのだが……。

「はぁ、はぁ……」

私は結構体力を消耗していた。

学院生の頃はここまで体力がなかったわけじゃないのに、二年間で衰えてしまった。

ヌール商会ではずっと座ってひたすら魔道具を作っていたから……疲れたわ。

「アマンダ、大丈夫か？」

「は、はい、大丈夫です。すみません、足を引っ張ってしまって」

「いや、アマンダのお陰で危険な森を安全に歩けているのだ。むしろそれらを全部任せてしまって、申し訳ないと思っている」

「それは大丈夫なのですが……」

森のゴツゴツした地面、全く整備されていないので足が疲れる。何回も足をくじきそうになった。

木々も生い茂っているが、先を歩くキールさんが私が歩きやすいように切ったり退《ど》かしたりしているので、これでも歩きやすいほうなのだろう。

一時間ほど経っているので、そろそろ精霊樹のもとに着くと思うんだけど……。

「っ、お二人とも、着きました」

すると前を歩くキールさんが、そう言ったのが聞こえた。

着いたというのは、つまり……！

私は少し早歩きになって、その場を抜けて開けた場所に出る。

「わぁ……！」

思わず感嘆の声が出てしまった。

目の前に葉も枝も光っている樹《き》が一本立っていた。

葉は他の木々と比べると大きく、ここまでに地面に落ちていた葉と全く同じ。

つまりこれが……精霊樹。

「これはすごいな、凄まじい魔力を感じる」

「はい、魔力などを感じるのが苦手な私でも、この樹の魔力はとても感じます」

カリスト様とキールさんも精霊樹を見て感動しているようだ。

私も精霊樹の魔力を感じて、言葉が出ない。

これを素材にして作る魔道具は、どれほどのものになるだろうか。

全部、本当なら根こそぎ持ち帰りたいんだけど……それはできない。

「アマンダ、わかっていると思うが一本の枝だけだ。それ以上持ち帰ると、何が起こるかわからん」

「はい、わかっています」

昔、精霊樹の枝を数十本持ち帰ろうとした人たちがいたらしい。

しかしその人たちは街に着くまでに不幸な事故などが起きたり、魔物に襲われたりして、街に戻るときには一本しか枝が残っていなかったらしい。

それからいろいろな人が何度試しても、絶対に一本しか持ち帰れなかったのだ。

さらに事故や魔物に襲われたりして、命を落とす人もいた。

だから精霊樹の枝はおそらくなにか神秘的なものに守られており、一本しか持ち帰れないようになっている、と言われている。

本当は私も全部持ち帰りたいけど、これは仕方ない。

私はナイフを持って精霊樹に近づく。

枝を吟味していき、この中でも一本だけ魔力が集中している枝を見つけた。

「精霊樹の枝、いただきます。お許しください」

私はそう言ってから、枝にナイフを振り下ろした。

かなり太い枝だったのだが、一回ナイフを振り下ろしただけで切れてしまった。

あれ、ほとんど感触もなかったけど……？

手に入れた枝は思ったよりも軽く、私でも片手で持てる。

とても重いって噂を聞いていたけど、嘘だったのかしら？

「取れました」

私がそう言って、精霊樹に背を向けて歩き出そうとしたとき……。

『珍しい、精霊の加護を持っている人間だね』

「えっ？」

明らかに後ろから声が聞こえて、振り返る。

今のは、精霊樹から聞こえたの？

「アマンダ、どうした？」

「カリスト様、今、声が聞こえませんでした？」

「声？　ここには俺たち以外いないが？」

「そうですけど、精霊樹から声が……」

私がそう言っても、カリスト様とキールさんは首を傾《かし》げている。

お二人には聞こえなかった？

いや、もしかしたら私の幻聴かもしれないけど……。

『精霊の声は加護を受けた者しか聞こえないんだ』

「っ！」

やっぱり幻聴なんかじゃない！

私は精霊樹を見上げて、周りに誰かいるのかと見渡す。

だけどやはり誰もいない。それでも声が聞こえるということは、姿が見えない存在？

「精霊、ですか？」

『そうだよ、君に加護を与えた精霊ではないけど』

「精霊って、本当にいたんですか……？」

『ふふっ、滅多に人前に姿を現したり加護を与えたりしないから、そう言われるのも無理はないかな』

姿もしっかりあるのかしら？　今、私の前にはいないようだけど。

しかも私に加護を与えた精霊じゃないってことは、複数人いらっしゃるのね。

「アマンダ、精霊と話しているのか？　まさか、本当に？」

「は、はい、よくわかりませんが、精霊の加護を受けている私にしか聞こえないみたいです」

「精霊の加護を、アマンダが受けているのか!?」

「私も初めて知りましたが……」

「なるほど……だからあれだけの魔力量を……」

精霊の加護というものが何なのかはわからないけど、魔力量を増やすものなのかしら？

それなら私の異常な魔力量にも説明がつく。

「加護って魔力量を上げるものですか？」

『魔力量を上げる？　加護はそんなものじゃないよ、魔力は無限に生み出せる』

「無限に、ですか？」

『そうだよ。あとは病にかからなくなったり、毒も効かなくなるね』

「す、すごいですね……！」

魔力を無限に、ってだけでもすごすぎるのに……！

そういえば私、子供の頃から一度も風邪を引いたことがなかった。

錬金術の研究とかをするために、結構無理をしてきたのに。

毒はさすがに飲んだことないけど……今度試してみようかしら？

「なぜ私に精霊の加護が？」

『さぁ、僕が与えたわけじゃないから。だけど精霊って気まぐれだから、大した理由はないんじゃないかな？』

「そ、そうですか」

なんか理由があるのかと思ったけど、多分ないのね……。

『興味本位で聞くけど、君はその魔力を使って何をしているんだい？』

「何をって……」

『過去に精霊の加護を受けた人間は、その無尽蔵な魔力で国を亡《ほろ》ぼして王になった者もいた。国に利用されて奴隷のように働かされた者もいたね』

っ、確かに無限の魔力を持っていれば、悪用する者がいるだろう。

それが加護を受けた本人じゃなくても、悪人に知られたら……うん、できうる限り内緒にしておこう。

『今、君はその魔力を使って何かしている、もしくはしたいことはあるのかい？』

「していることは錬金術で、したいことは錬金術です」

精霊様の言葉に、特に悩むことなく普通に答えた。

『錬金術……ふむ、何を作るんだい？　人間を自在に操作できる呪具でも作るのかな？』

「そんなもの作りませんよ!?」

思わず大きな声で否定してしまった。カリスト様とキールさんに少し驚かれた。

さっきからずっと精霊様と話しているけど、お二人から見たら私がただ一人で喋っているように見えているのよね……。

お二人にも会話が聞こえていればよかったのに。

「普通に私は錬金術が好きで、魔道具とかを作りたいだけです」

『危険なものは作らないのかい？』

「必要とあれば作りますが、そこまで作りたいとは思わないです」

私はファルロ商会に入って、気づいたことがある。

錬金術は大好きで、魔道具を作るのも開発するのもとても楽しい。

それだけで錬金術をし続ける理由になるんだけど、もう一つ理由ができた。

「私は人に喜んでもらえる、笑顔にする魔道具を錬金術で作りたいんです」

前に、疲れを癒す緑のポーションを売り出したときだ。

ファルロ商会の店舗に行って、試作品を実際に飲んでいる人を見た。

それを飲んでとても嬉しそうに笑っている人たちがいた。「肩のこりが治った」とか「これで元

気に仕事できる！」とか。

その笑顔を見たとき、本当に嬉しくなった。幸せだった。

私が好きで作ったもので、喜ぶ人がいる。

今までヌール商会で働いていたときは、私が作った魔道具を使っている人を見たことがなかった。

ファルロ商会に来て初めてそれに気づいたとき、私は錬金術がもっと好きになった。

「私の無限の魔力は、錬金術に使います。私が錬金術が好きで、人を笑顔にするのが好きだからです」

『……ふふっ、そっか。数百年ぶりに加護を受けた人間が、君でよかったよ』

「あ、ありがとうございます」

さらっと数百年って言った？

そんなとても貴重な加護だったのね……本当に知られないようにしないと。

『君、名前は？』

「アマンダ・ナルバレテです」

『アマンダか。できうることならその意志を貫いたまま、一生を終えられるといいね』

精霊様のその言葉が聞こえてから、いきなり精霊樹が光り始めた。

もとから光っていたけど、さらに光を放ち始めた。

目を開けられないくらいになって、私は目を瞑《つぶ》った。

しばらく待つと光が収まって目を開けたが……そこに精霊樹はなかった。

「まさか、精霊樹はああやって消えるのか？」

「消える瞬間を見ることができるなんて、すごいですね」

カリスト様とキールさんが、精霊樹が生えていた地面などを軽く触りながらそう言った。

「精霊様？」

私はそう呼んでみたけど、返答はなかった。

やはり精霊樹が消えて、そのままいなくなったみたいね。

「アマンダ、精霊との話は終わったのか？」

「どうやらいなくなってしまったようです」

「そうか、俺とキールには精霊が言っていることは何も聞こえなかったが……話していた内容は聞いてもいいのか？」

「はい、お二人なら」

話しているところを聞かれているのだから、お二人には全て話したほうがいいだろう。

そして、精霊様との会話の内容を話した。

「精霊の加護か、伝承で聞いたことはあったが……」

「そうなのですか？」

「ああ、だが伝承されていた話よりも凄まじいな」

「無限の魔力、病にかからない、毒も効かない……本当ならとてもすごいですね」

「アマンダの魔力量は異常だとは思っていたが、まさか無限だとは思わなかった」

「それは私もです」

お二人になら聞かれても誰にも言わないと思うから問題はないけど、他人には話さないようにしないと。

「確かに国一つ滅ぼすなんてこともできるだろうが……」

「？　なんでしょう？」

カリスト様が私の顔を見て微笑ましそうに笑っていた。

「いや、精霊へ返す言葉がアマンダらしいなって思っただけだ」

「そうですか？」

「ああ、素晴らしい回答だと思ったよ、本当に」

カリスト様の笑みがいつもより優しくて、私を見る目もいつもと違う感じでドキッとしてしまう。

なんだかいつもよりも意味がありそうな深い笑みだ。

「そ、そろそろ戻りましょうか。精霊樹の枝も手に入りましたし、遅くなったら野宿になってしまいます」

私は少し恥ずかしい気持ちを誤魔化すようにそう提案した。

「そうだな。この時間だったら野宿せずに済むだろう」

「それなら少し急いだほうがいいですね、最近は日が沈むのが早くなってきたので」

「はい、行きま……っ！」

二人の後についていこうとしたら、足がもつれて倒れそうになってしまった。

「アマンダ！」

近くにいたカリスト様が支えてくださって、なんとか倒れずに済んだ。

「あ、ありがとうございます。少し疲れてしまって……」

思った以上に森の中を歩き続けたせいで、足に疲れが溜《た》まっているようだ。

一時間ほど森の中を歩いただけなのに、情けないわ。

しかも今日は疲れを癒す緑のポーションを持ってきていない。

こんなに自分が疲れるとは思っていなかったし、魔物が出る森なので万が一を考えて、傷が治る青のポーションを多く持ってきてしまった。

私があの魔武器を作ってから魔物に襲われて傷を受けたことは一度もなかったけど、カリスト様やキールさんがいたから、青のポーションを優先した。

「すみません、足がもつれただけなので。あと一時間くらいは歩けます」

「……いや、ダメだな」

「えっ、きゃ!?」

いきなりカリスト様が私のことを持ち上げたので、声が出てしまったが……また横抱きをされてしまった。

先日、社交界のダンスパーティー会場を出るときにされたけど、まさかもう一回されるなんて。

「このまま行こう。アマンダは俺が運ぶ」

「えっ!? カ、カリスト様、さすがにそれは……！」

「アマンダがまた今みたいに転びそうになったら危ないからな。森の中で転んだら怪我をしてしまう」

「こ、転ばないので大丈夫です！　それに転んで怪我をしても、ポーションがありますから！」

「ポーションがあったとしても怪我は痛いだろ。それにアマンダに傷を負わせたくない」

「っ……！」

横抱きで近くなったカリスト様の顔、真剣な表情で心配をされると何も言えなくなる。

「アマンダ様、大丈夫ですよ。カリスト様は体力はあるので、そのまま運ばれてください」

「キールさん、ですが……！」

「ここで話していても時間がもったいないので、もう行きましょう」

ほ、本当にこの体勢で行くの？

そのまま精霊樹があったところを離れて、森の中へと入っていく。

「ま、魔物が出たらどうするのですか？」

「別にアマンダの魔武器なら、俺に抱えられていても使えるだろ？　銃口を向ければいいだけなんだから」

「……確かにそうですが」

むしろ銃口を向けなくても、真上とかに向けて放てば勝手に飛んでいくようにしてある。

「俺が運んだほうが早いし、アマンダも疲れない。一石二鳥だろ？」

「うぅ……本当にいいのですか？」

「ああ、精霊樹のもとまで早く行けたのはアマンダの魔道具や魔武器のお陰で、俺は特に役に立ってないからな。これくらいはさせてくれ」

「……はい」

確かに私が歩くよりも、カリスト様が私を抱えて歩いたほうが早いわね。

ここはお言葉に甘えるしかないけど……それでも、恥ずかしいものは恥ずかしい。

「では、よろしくお願いします……」

「ああ、任せておけ」

カリスト様の笑みがいつもより近くで見えるが……ドキドキしてしまうので、視線を逸らした。


精霊樹の枝を手に入れてから、二時間後。

カリストたちは馬車に乗り、森を抜けて王都に近づいていた。

日が沈む前に王都に戻れそうなので、野宿する必要はなさそうだ。

カリストがアマンダを横抱きにして移動したから、早めに馬車まで戻れた。

横抱きにされていたアマンダだが、今は馬車の中で眠っている。

「やはり無理をしていたようだな」

「そうですね」

馬車内に座っているカリスト、御者席に座っているキール。

御者席の背後に小窓があり、そこを開けて二人は会話をしていた。

キールは馬の手綱を持って周りを軽く警戒しながら話している。

「森を抜けるまでは起きていたようだが、今はぐっすり眠っている」

魔物が出てくる可能性があったので、その時に備えてアマンダは起きていた。

今はもう森を抜けていて、草原で魔物がいても見晴らしがいいので、アマンダの魔道具がなくても問題ない。

「ふっ、もしかしたら精霊樹の素材採取に興奮して、昨日はしっかり眠れなかったのかもな」

「さすがにそんな子供ではないでしょう」

アマンダが起きていたら「うっ……」と呻《うめ》いていただろうが、聞こえていないので反応はない。

「愛らしい寝顔だ。悪戯で起こしたくなるほどにな」

「ダメですよ、それこそ子供じゃないのだから」

「やらないが、やりたくなるな」

今、アマンダは、カリストに膝枕をされて眠っている。

最初はそんな体勢ではなかったのだが、寝やすいようにカリストがアマンダの身体を倒してやり、膝枕をした。

カリストは真上からアマンダの寝顔を見下ろしている状態だ。

「しかし、本当に驚いたものだ。まさかアマンダが精霊の加護を受けているとはな」

「そうですね。ですが加護を受けていると知って、納得する部分は多くあります」

「ああ、尽きることのない魔力量、まさか無限だとは思わなかったが」

伝承でしか聞いたことがなかったので、精霊の加護がまさかそれほどの力だとは知らなかった。

これは絶対に他人に漏らしてはならないことだ。

国の上層部が知れば、何が何でもアマンダを手に入れようとしてくるだろう。

「絶対に、守らなければな」

自分の膝で眠る無垢《むく》な寝顔を見て、カリストは呟いた。

最初は、ただの好奇心、それと勘だった。

初めて出会ったとき、他人に姿を認識させなくするコートを着ていても、彼女は自分をしっかり認識していたように見えた。

そして「追ったほうがいい」と自分の勘が言った。

その勘に従って成功してきたことが多いので、迷うことなく彼女を追った。

するとなぜかテントを立てていて、野宿をすると言う。

話を聞くとヌール商会で働いている錬金術師で、家でも職場でも虐げられているような女性だった。

それを救いたい、という正義心で引き抜いたわけじゃない。

ただ、本当に優秀な錬金術師を引き入れたい、と思ったから助けた。

その後、やはり自分の勘は当たっていたことがわかった。彼女は本当に優秀な錬金術師で、お陰でファルロ商会の事業成績も上がっている。

「錬金術の腕は、無尽蔵の魔力じゃ説明がつかないからな」

確かにあの魔武器を扱えるのは、無限の魔力量のお陰だろう。

しかしあの魔武器を作るのは、無限の魔力があってもできない。

錬金術というものをしっかり学んでいて、好きだからこそ作れたのだ。

アマンダの功績が全て精霊の加護のお陰なんて、微塵《みじん》も思っていない。

それに……。

(とても、惹《ひ》かれてしまったな……あの言葉、あの表情に)

精霊樹のところで、アマンダが精霊と話しているとき。

何を話しているのかはよくわからなかったが、話の流れ的に「加護を受けて何をしたいのか」という話をしていると推測できた。

『私は人に喜んでもらえる、笑顔にする魔道具を錬金術で作りたいんです』

『私の無限の魔力は、錬金術に使います。私が錬金術が好きで、人を笑顔にするのが好きだからです』

その時の言葉と、綺麗な笑みに。

カリストは胸を打たれてしまった。

今までもアマンダには、とても好印象を抱いていた。

侯爵家の当主で社交界に小さい頃からよく出ていた、出ないといけなかったカリスト。

社交界で寄ってくる令嬢たちは、カリストの肩書しか見ていない奴ばかりだった。

皆が作り笑顔をしていて、寄ってくる令嬢たちが全部同じ顔に見えた。

幼少の頃からそうで、一回だけ社交界で一人の伯爵令嬢が自分の婚約者だと声高に偽りを言っていた。

それをその場で否定すると泣き崩れ「あんなに愛し合ったのに」とさらに嘘を重ねてくる。

だが社交界でそんなことを言えば噂になる。まもなく、カリストが伯爵令嬢を弄《もてあそ》んで捨てたという噂が広まった。

もちろんその後に令嬢を尋問し、社交界で皆の前で正式に噂を否定させて謝らせ、その令嬢にそうするように命令していた伯爵家は潰《つぶ》した。

そんなことがあったから、カリストは社交界が逃げたくなるほど苦手だ。

だから社交界などじゃなく錬金術師として出会った令嬢、アマンダは新鮮だった。

カリストが侯爵家の当主と知っても、敬う態度にはなったが媚《こ》びるような態度には全くならなかった。

アマンダの家に匿ってもらっているときも、彼女はカリストにすり寄ることはなく、ただ友人として接してくれているように感じた。

それがとても心地よく、時々社交界から逃げてアマンダの家に行くようになった。

こんな関係がずっと続けばいい、と心の中で思っていたのだが……。

(まさか俺の方が、ここまで惹かれるとは)

自分の膝で眠るアマンダの青くて艶《つや》やかな髪を撫《な》でる。

国を簡単に滅ぼせるほどの魔力があり、だがその力を無暗《むやみ》に使うことはなく、理知的で素敵な考えを持っているアマンダ。

それが本心だというのが、あの美しい笑みを見たらわかった。

社交界で見飽きるほど作り笑いを見てきたカリストだからこそ、本物の笑顔に見惚《みと》れてしまった。

その笑みを見て、カリストは惹かれた。

あの本物の笑顔を……自分にも向けてほしい。

「キール、アマンダを起こさないようにゆっくり進めよ」

「はい、出発を急いだお陰で日が暮れるにはまだ時間はありますから、そうします」

「ああ、この愛らしい寝顔をもうちょっと長く見たいからな」

「……そうですか」

キールは、もうすでにカリストの気持ちに気づいているだろう。

学院の頃からの友人で、ずっとカリストの近くにいたのだ。

「キール、お前は反対か？」

「反対？　何がです？」

「身分が違う相手と婚約することは」

「はっ、私がそんな古い考えだとお思いで？　そんな考えだったら、侯爵のカリスト様に怒ることなんてできませんよ」

「ふっ、それもそうだな」

「ただ……」

キールがそこで言葉を止めて、カリストとアマンダがいる馬車の中を御者席の小窓から覗《のぞ》いた。

「カリスト様がアマンダ様とどうやって親しくなったのかは気になりますね」

「ん？　どういうことだ？」

「私が知っている限り、この一カ月でお二人が親しくなる時間なんてなかったはずなんですよ。私がカリスト様といないとき……社交界から逃げてどこかで隠れている以外の時間は、ご一緒しているので」

「……」

「カリスト様？　隠れ場所は、どこですか？　まさか女性の家に逃げ込んでいる、とは言わないですよね？」

何も言えず、謝るしかないカリストだった。

✦第四章✦

デート？

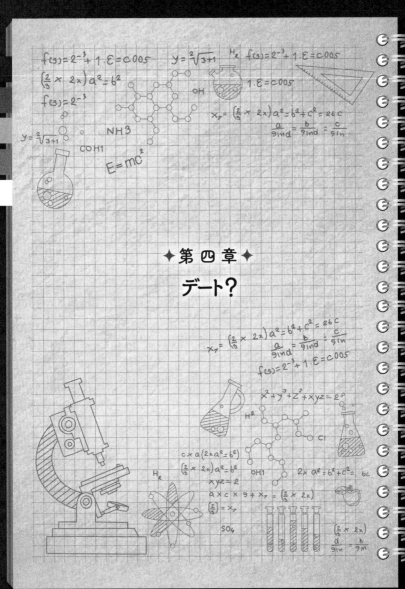

「うーん、どうしようかしら」

私は一週間前に採取してきた精霊樹の枝を前に、とても悩んでいた。

ここ数日は仕事を終えて家に帰ってきて、精霊樹の研究をしていた。

やはり魔石なんかとは比べ物にならないくらいに魔力が込められていて、枝のちょっとした欠片《かけら》でも特大の魔石と同等の魔力量だ。

国の騎士団が抱えている魔武器を、欠片一つの魔力量で何百発分も発動できると思う。

これを使って魔道具を作りたいけど……何を作ろうかしら？

何でも作れるけど、だからこそ難しいわ。

やはりこれほどの魔力が込められていると、魔武器が最初に思い浮かぶ。

でも私はもう魔武器を作ってあるし、あれで十分だ。

私専用じゃない魔武器を作るのもありかもしれない、カリスト様のとか。

作るとしたら、彼は剣を使うようなので、魔武器も剣のようなものがいいだろう。

そんなことを考えていると、家のドアがノックされる。

仕事を終えてから帰ってきているので、もう夜も結構遅い。

こんな時間に来る人は……というか、私の家を訪ねてくる人は一人くらいしかいない。

ドアを開けて、その人を迎え入れる。

「カリスト様、またいらしたのですね」

「ああ、来たな」

ニヤッと笑ってフードを取りながら、中に入ってくるカリスト様。

精霊樹の枝を採取した後、今まで以上に来るようになった。

特に社交界から逃げているわけじゃなく、普通に遊びに来る感じだ。

カリスト様もそんなに精霊樹が気になるのかしら？

私はカリスト様の後ろをチラッと見る。

「今日はキールさんはいないのですね」

「ああ、置いてきた。あいつも毎回来られるほど暇じゃないだろうしな」

この前、素材採取から帰ってきたときに、カリスト様が私の家に来ていることがキールさんにバレてしまったのだ。

私がカリスト様の膝をお借りして眠っている間に、キールさんが問い詰めたみたい。

起きたときは本当にビックリしたのだが……。

『んぅ……え、えっ!?』

『あ、アマンダ、起きたか』

『カ、カリスト様!?　わ、私、どんな体勢で……!?』

『ふふっ、面白い反応だな』

『カリスト様？　私の話は終わってませんよ？』

『……ああ、そうだったな、すまない』

『？　ど、どういう状況ですか？』

カリスト様の膝を借りて寝ていて恐れ多いし、キールさんがカリスト様を怒っている様子も同時に見て、いろいろと混乱したわね。

私もキールさんに怒られると思ったけど、特に怒られなかった。

『侯爵のカリスト様に匿《かくま》ってと言われたら、そりゃ断れないでしょう。だから悪いのは無駄に権力を持っているカリスト様です』

とキールさんが言っていたけど……無駄に権力を持っているって何のことかしら？

とりあえず私は怒られなかったけど、バレたことは少し残念だった。

もうカリスト様が私の家に来られなくなる、と思っていた。

彼とこの家で食事をしたり話をしたりするのは、結構好きだったから。

だけど、バレてもカリスト様は家に来るし、むしろキールさんも時々来るようになった。

『私に隠れて逃げていたのは腹立たしいですが、居場所がわかれば別にいいです』

『ですが、女性の家を侯爵様が訪ねているのがバレたらどうなるのか……』

『その時はその時です。最悪、変な噂《うわさ》が立っても、今回は大丈夫でしょう』

『今回は……？』

『おっと、口を滑らせました。とにかく、アマンダ様でしたら大丈夫です』

キールさんとはそんな会話をしたけど、よくわからなかった。

とにかく、カリスト様が私の家に今まで通り普通に来られるようで、嬉《うれ》しかった。

「カリスト様は毎日来ていますが、それだけ暇なのですか？」

「ふっ、言うじゃないか。侯爵でありファルロ商会の会長の俺が、暇だったら面白いな」

「確かにそうですね。お忙しい中で来てくれるのは嬉しいですが、無理しないでください」

私がそう言うと、カリスト様は少し複雑そうに笑った。

「ああ、ありがとうな」

「はい。今日は夕食を食べますか？」

「軽く貰《もら》おうか。アマンダの料理は美味《うま》いからな」

「では少々お待ちください、準備しますね」

私は調理場に立って、作っていた料理を温め直す。

「少し無理をしてでも会いに来ているのだが、気づいていないか。本当に脈がないな……体調の心配をされているが、ほとんど友人のような扱いだな」

「？　何かおっしゃいましたか？」

「いや、なんでもない」

調理をしていたので、カリスト様の言葉が聞こえなかった。

カリスト様が私の料理を食べ終わった後、いつも通りにソファに座って会話をする。

「なるほど、精霊樹の素材で何を作るのか迷っているのか」

「はい、とんでもなく素晴らしい素材なのですが、だからこそ何を作るのかが難しく……素材の性能を無駄にするのは避けたいですし」

「ふむ、素材が良すぎるのも難しいところだ」

カリスト様にも精霊樹のことで相談をしてみたけど、やはりいい答えは出ない。

まあ急いでいることではないし、悩んでいる間も楽しいから、特に問題はないけど。

ただ、何を、どころか方向性すらも見えないから、それくらいは決めたいとは思っている。

「前に言ってた食器を自動で洗う魔道具を作るって話はどうなったんだ？」

「あれは今、オスカルさんと一緒に開発中です。とても難しい開発となっていますが、魔力自体は普通の魔石で十分だと思います」

「ふむ、そうか」

今までの中で一番難しい魔道具を作っているので、これまた楽しい時間を過ごしている。

ずっとオスカルさんと開発をしているので、同じ職場の人から「さすがに休んでください」と言われて、明日は久しぶりの休みの日だけど。

「そういえばアマンダ、明日は全休のようだな」

「はい、お休みをいただいています。別に欲しくなかったのですが……」

「ふっ、アマンダらしいな。だがしっかり休まないと仕事の効率も悪くなるだろう」

「そうですね、しっかり休もうかと思います」

「何か予定を入れているのか？」

予定……休みと言われても、特にやることがない。

家で休もうにも、精霊樹があるからどんな魔道具を作るか考えてしまい、休もうにも休めない気がする。

だから街に行こうと思うんだけど……街で見たいところとか行きたいところが特にない。

「特に何もないですね。街に行って散歩をしようかなってくらいです」

「そうか……アマンダ、その、よければ午後、一緒に過ごさないか？」

「えっ、カリスト様とですか？」

まさかカリスト様に誘われるとは思わなかった。

「カリスト様も明日はお休みなのですか？」

「完全に休みではないが、午後からは休める。だから午後に待ち合わせして、街で過ごそうと思っているのだが」

「そんな貴重なお休みを私と一緒に過ごしてもいいのですか？」

私の全休とカリスト様の半休、価値が全く違うだろう。

侯爵家の当主で、ファルロ商会の会長をやっているカリスト様、休みを取るのも一苦労なはずだ。

それなのに私の休みに付き合ってもらうのは気が引けてしまうのだが……。

「いいんだ、俺がアマンダと過ごしたいだけだからな」

「つ……ありがとう、ございます」

カリスト様に真《ま》っ直《す》ぐ見つめられながらそう言われて、私はさすがに照れてしまい視線を逸《そ》らす。

「どうだ、アマンダが一人で過ごしたいというのなら、断ってくれても構わないが」

「いいえ、私もぜひカリスト様とご一緒したいです」

私も慣れない休日を一人で過ごすより、カリスト様と過ごしたほうが絶対に楽しい。

私が了承すると、カリスト様も嬉しそうに笑みをこぼす。

「そうか、それならよかった」

「ですが私はあまり外を出歩かないので、街の面白いところなどはわかりませんが」

「俺が案内するから大丈夫だ。どこか行きたい場所とかはあるか？」

「行きたい場所……難しいですね」

もともと行きたい場所などがないから、休みが出来ても困っていたのだ。

「特に欲しいものはないか？　ドレスや宝飾品とかは」

「いえ、そういうのは全く」

着ることもつけることもほとんどないから、あまり興味がない。

「そうか……それなら魔道具店はどうだ？　ファルロ商会だけじゃなく、他の商会の魔道具なども置いてあるところだ」

「行きたいです！」

思わず反応してしまった。

そういえば私はファルロ商会、それにヌール商会以外の魔道具などはほとんど見たことがない。

この王都でもいくつも商会はあるし、魔道具店もいろいろとあるだろう。

「ふっ、本当にアマンダらしいな」

「えっ、何がですか？」

「普通の令嬢ならブティックや宝飾店に行くのだがな」

「そうなのですか？」

「ああ、本当にアマンダと一緒にいると面白いな」

カリスト様がとても楽しそうな笑みで言うので、私は揶揄《からか》われているのか褒められているのかよくわからなかった。

だけど私もカリスト様と過ごすのは面白いので、明日の午後が楽しみになった。

そして、翌日、カリスト様と一緒に出かける日。

カリスト様が「昼頃に迎えに行くから家で待っていてくれ」と言ってくださったので、午前中は家でのんびりしていようと思った。

精霊樹の枝をどう使うか昨日からまた考えていたけど、特に思いつかなかった。

今日はカリスト様と魔道具店を回る予定だから、できればその時に良いアイディアが思い浮かべばいいけど。

そんなことを考えながら朝食を食べ終わって、また精霊樹について考えようとしたところ、家のドアがノックされた。

誰かしら？　ドアの叩《たた》き方がカリスト様ではないわね。

「アマンダ様、イーヤです。朝早く失礼いたします」

「えっ、イーヤ？」

男爵家にいた頃から仲良くしていたメイドのイーヤ、彼女の声が聞こえてきて驚きながらもドアを開けた。

開けるとイーヤと共に数人のメイドや執事もいて、少し大きめの馬車が家の前に停《と》まっていた。

「イーヤ、どうしたの？」

「本日、アマンダ様の身支度を任されましたので、お伺いしました」

「身支度？　え、なんで？　誰に任されたの？」

「理由はアマンダ様が本日、カリスト様とお出かけをなさるからです。誰に、というのは、キールさんです」

「キールさんに？」

なぜイーヤが私とカリスト様が出かけるのを知っているのかと思ったけど、キールさんなら知っているだろう。

だけど別に身支度くらいは自分でできるけど……。

「なんで普通に出かけるだけなのに、キールさんはここまで手配してくれたのかしら？」

「普通に出かけるといっても、相手はビッセリンク侯爵家の当主、カリスト様です。街で侯爵様を知っている方がいらしたら、お連れの女性、つまりアマンダ様に目がいきます。その時にアマンダ様が相応な格好をしていなければ……」

「なるほど、カリスト様に迷惑をかけるってことね」

そこまで考えていなかったけど、確かにその通りだわ。

カリスト様には家にいるときの格好とか、素材採取をしに行くときの格好を見られているけど、他人の目は意識していなかった。

「ですがそれは表向きの理由、ということでした」

「えっ、表向き？」

「はい、キールさんの本当の理由は『アマンダ様の綺麗《きれい》な姿をいきなり見せられて、狼狽《うろた》えるカリスト様が見たい』ということでした」

「……よくわからないわね」

なぜキールさんがそんな悪戯《いたずら》をしようとしているのか。

それとカリスト様が私が着飾った姿を見ただけでなぜ狼狽えるのか。

「とにかく、本日は私と数人のメイドでアマンダ様の身支度をさせていただきます」

キールさんが言った本当の理由というのはよくわからないけど、表向きの理由はよくわかった。

だったら自分で身支度をするよりも、イーヤたちに任せたほうがいいわね。

「ええ、お願いするわ」

「はい、では今から馬車に積んである数十着のドレスから、着るものを選んでいただきます」

「えっ、そんなにあるの？」

「正直私も驚きましたが、キールさんが用意してくださいました。侯爵家の力とはすごいものですね」

イーヤと話していると、他の使用人の方々がドレスを私の部屋の中に運んでくる。

えっ、服だけじゃなくて宝飾品もあるみたいだけど……。

いや、それも当たり前ね、侯爵様とお出かけするのだから。

「ではやっていきましょうか、アマンダ様」

「ええ、よろしく」

その後、いろいろと試着をして、宝飾品もつけていった。

私は正直何がいいのかよくわからなかったので、イーヤやメイドの方々に意見を聞いて、服と宝飾品を決めた。

社交界に着ていくものよりも少し落ち着いたデザインで、緑を基調とした動きやすいドレスになった。

宝飾品も多くはなく、青の宝石が付いているネックレスを選んだ。

これだけ準備をしてもらったのに、最終的には結構落ち着いた服や宝飾品に決まった。

それらを身につけて、あとはイーヤたちにメイクなどをしてもらう。

「これで大丈夫かしら？」

「はい、アマンダ様はもとから美人なので、シンプルなものでいいのです」

「そう？」

イーヤの言葉は嬉しいけど、カリスト様に気に入っていただけるかしら？

メイクや髪のセットも終わり、約束の時間に近づいてきた。

楽しみではあるけど、少し緊張してきたわ。

そのまましばらく待っていると、家のドアがノックされた。

叩き方でわかる、カリスト様だ。

私はイーヤと視線を合わせて、頷《うなず》き合う。

「はい、今出ます」

少し大きな声で家の外にいるカリスト様に声をかけてから、ドアを開ける。

「アマンダ、待たせたな……っ！」

「いえ、時間通りだと思います、カリスト様」

「……」

「……あの？」

カリスト様が私を見て目を丸くしたまま固まってしまった。

その後ろにはキールさんがいて、悪戯っぽくニッコリと笑っている。

「カリスト様？　大丈夫ですか？」

「っ！　あ、ああ、大丈夫だ……」

カリスト様は頬《ほお》を少し赤くしながら、私から視線を逸らした。

ボーッとしていたけど、どこか調子が悪いのかしら？

もしかしたら午前中の仕事が大変だったのかもしれない。

「本当に大丈夫ですか？　具合が悪いのなら、また後日でもいいですが」

「いや、問題ない。ただアマンダの姿に驚いただけだ」

「そうですか？」

「ああ、本当だ。まさかそんなに美しい姿でいるとは思わなかったからな」

「あ、ありがとうございます。イーヤやメイドの方々に手伝っていただいたのです」

美しいと言われて少し照れながら、後ろにいるイーヤたちを紹介した。

イーヤたちはカリスト様に一礼する。

「そうだったのか……もしかして、アマンダが頬んだのか？　その、俺とのデートのために……」

「あ、いえ、キールさんが準備してくださったそうです」

「なに？　キールが？」

カリスト様は振り向いて、ニコニコと笑っているキールさんを見る。

「そうなのか？」

「はい、腐ってもカリスト様は侯爵様なので、街に出かけるならお相手の女性も着飾っていただかないと」

「俺は侯爵だとバレないように、いつも通りコートを着ていくつもりだが」

「ああ、確かにそうですね。忘れていました」

そういえば、影を薄くするような魔道具の上着があるんだった。

それなら街に出かけても、カリスト様が侯爵だとバレることはほとんどないだろう。

「ですが困りましたね、カリスト様が魔道具のコートを着てしまったら、とても綺麗なアマンダ様が一人でいると周りの人は思ってしまいます。男性に声をかけられるかもしれませんね」

えっ、いや、そこまで綺麗になってはいないと思う……なぜか後ろにいるイーヤが大きく頷いているのがチラッと見えたけど。

だけどそれなら、私は今からでも地味な服装に着替えたほうがいいかしら？

「キール、お前……仕組んだな？」

「はて、何がでしょう？　私はお二人が楽しくお出かけができるように動いただけですが」

「それなら事前に俺に言わなかった理由は？」

「驚かせたかったので」

「なるほど、本音は？」

「面白い反応が見たかったので」

「この野郎……」

なんだかよくわからないけど、やはりお二人は仲が良いわね。

だけどまず聞かないといけないことは、私の服装についてだ。

「カリスト様、私は着替えたほうがいいですか？　この服装だと迷惑をかけてしまうようなので……」

「いや、大丈夫だ。その服装で問題ない」

「そうですか？　着替えるくらいならすぐですが……」

「本当に大丈夫だ。確かに顔を出して街を歩くと面倒なことになるかもしれないが、それよりも綺麗なアマンダと共に出かけたいという気持ちが勝っている」

「つ、あ、ありがとうございます」

そんなに真剣な表情で「綺麗」と言われると、やはり照れてしまう。

「いつもの格好でも美人だったが、やはりアマンダは着飾ったらさらに美しくなるな」

「ほ、褒めすぎだと思いますが」

「偽りない本心だ」

「っ……」

まさかここまで褒められるとは思わず、恥ずかしくなって視線を逸らす。

「アマンダがそこまで美しくなるとは知らなかったから、俺はいつも通りの格好で来てしまったな。誰かが教えてくれていれば、もう少し着飾っていたのだが」

「それは残念でしたね、カリスト様」

「ああ、本当に。誰のせいだろうな、キール」

「誰のせいでしょう？　わかりませんが」

お二人の会話を聞いて、思わず笑ってしまった。

「ふふっ、大丈夫ですよ。カリスト様はいつも素敵なので、そのままの格好でも」

「そうか？　ふっ、アマンダに言われると嬉しいな」

私とカリスト様は顔を見合わせて笑い合った。

「カリスト様、そろそろ昼時です。お店を予約していたのでは？」

キールさんがそう言ったが、お店を予約していたの？　初めて聞いた。

「そうだったな。アマンダ、昼食はまだ食べていないよな？　魔道具店などに行く前に、まずは昼食を済ませようと思うのだが」

「お店を予約してくださったのですか？　ありがとうございます」

「これくらいは当然だ。馬車も用意してある」

さっきからカリスト様の後ろの大きくて豪華な馬車が目に入っていたけど、それかしら？

さすが侯爵様って感じね。

「今日は街中も馬車で移動するのでしょうか？」

「いや、さすがにそれは目立つからな。昼食を取る店に行くときだけだ」

「お店に行くのもこれでは目立つのでは？」

「予約した店はこのくらいの馬車では、そこまで目立たないから大丈夫だ」

えっ、この高級な馬車じゃそこまで目立たない？

ど、どんな高級店を予約したのかしら……。

「そ、そうなのですね」

「ああ、そろそろ行こうか」

カリスト様はそう言って手を差し出した。

私はその手を取り、馬車にエスコートされる。

「よろしくお願いします、カリスト様」

「ああ、いい休日にしよう」

そして私たちはキールやイーヤたちと別れて、馬車に乗って出かけた。

……そういえばさっき、カリスト様がお出かけのことを「デート」と言っていた気がするけど、気のせいかしら？

カリスト様が予約したというお店は、やはり高級店だった。

しかも何席もある部屋を貸し切りにしていて、本当にビックリした。

「こんないいお店を、ありがとうございます」

「これくらいは大したことない」

いや、全然大したことあると思うけど……。

着飾っておいてよかった。いつもの格好でこんな高級店に入るのは少し躊躇《ためら》ってしまう。

そして席に着いてからすぐに料理が運ばれてくる。

どうやらコース料理のようで、運ばれてくる一品一品が全て美味《おい》しい。

「とても美味しいですね、カリスト様」

「ああ、そうだな。アマンダの口にも合ったようでよかったよ」

「もちろんです。こんなおいしいお店に連れてきてもらって、本当にありがとうございます」

「いつもアマンダには夕食をふるまってもらっているからな。お礼ができてよかったよ」

「いやいや、そのくらいは大丈夫ですよ。それに食事代もいただいてますから」

夕食だけだし食事代なんていらないのだけど、カリスト様は律儀《りちぎ》なので渡してくるのだ。

だからそれ以上のお礼なんて本当はいらなかったんだけど、やはり嬉しいものね。

「こういう店の料理も美味しいが、俺はアマンダの料理の方が好きかもしれないな」

「う、嬉しいですが、さすがにそれは言いすぎでは？」

「いや、これも本心だ。やはりアマンダの料理に胃袋を掴《つか》まれてしまったようだ」

カリスト様はコース料理のデザートを食べながらそう言った。

私はここの料理ほど特別美味しいものを作っているわけじゃないけど……あ、なるほど。

「カリスト様は家庭的な料理が好きなのですね」

おそらく侯爵様だから、高級店で出てくるような料理はすでに食べ飽きているのだろう。

侯爵家の本邸でも料理人を雇っているから、家庭的な料理というものをほとんど食べてこなかったのかもしれない。

だから私の家庭的な料理が美味しく感じるのね。

「……ああ、まあ、そうだな」

やはりそうだったようね、少し苦笑しているのが気になるけど。

その後、私たちは高級店を出て、馬車で商店街の方へと向かう。

「ありがとうございました、カリスト様。とても美味しかったです」

「いつもの夕食のお礼になったのならよかったよ」

夕食を一緒に食べるのは私も楽しいから、お礼なんていらなかったのに。

「久しぶりに外食をしたので、なんだか新鮮でした」

「そうなのか。昼食はファルロ商会の食堂で食べているんだよな？」

「はい、だけど最近は自分でお弁当を作っていったりもしています」

「ほう、お弁当か」

カリスト様とキールさんが来るようになってから、食材を多く買うようになった。

だから食材が少しだけ余ることがあるので、その分をお弁当にしている。

ファルロ商会の出勤時間は前の職場よりもゆっくりだから、朝に余裕を持ってお弁当を作ることができている。

「アマンダのお弁当は美味しそうだな」

「残り物を適当に詰め合わせているだけですよ」

「ふむ……アマンダ、お弁当をもう一つ作ることは可能か？」

「えっ？　まあ可能ではありますが……」

「それなら今度、俺にも作ってもらえないか？」

「カリスト様にですか？」

「ああ、仕事中は集中していて、つい昼食を取り忘れることがあるんだ」

「あっ、わかります。私もです」

オスカルさんと共同開発をしているときはいつも他の人から声をかけられないと、昼食を取り忘れてしまう。

前にオスカルさんと二人で終業時間まで昼食抜きで休むことなく仕事をしていて、それから他の方に心配されて声をかけられるようになった。

他の方々には迷惑をかけてしまって申し訳ないけど、本当にありがたい。

「だからアマンダにお弁当を作ってもらえれば、弁当が楽しみになって昼食を忘れることはないと思うんだ」

「そ、そんなにですか？」

「ああ、もちろん」

そこまで言ってくれるのは嬉しいけど、私のお弁当がそんなに効果があるのかはわからない。

「普通のお弁当ですよ？」

「だからいいんじゃないか」

カリスト様は軽く笑ってそう言ったので、私は頷いた。

「わかりました。では夕食をご一緒したときに言ってくだされば、翌日の昼食のお弁当をお作りします」

「ありがとう、アマンダ。これで昼食もアマンダの料理が食べられるな」

「ほ、本当に普通のお弁当ですからね？」

「わかっている。今から楽しみだ」

本当にわかっているのかしら……？

だけど私の料理を気に入ってくださっているとわかるので、嬉しいのは確かだ。

「もちろん、お弁当を作ってくれたらお礼はする。また違う料理店にでも行こう」

「あ、ありがとうございます」

お弁当を用意するだけで、今日みたいな高級料理店に連れていってもらうのは少し躊躇われるけど……。

カリスト様から頼まれたときは、いつもよりも腕を振るって作ろう。

そんなことを話していると馬車は停まり、商店街の近くに着いた。

ここからは歩いて移動し、魔道具店などに向かう。

カリスト様が先に降りて、私に手を差し出してくれる。

「ありがとうございます」

「ああ、じゃあ行こうか」

私たち商店街の方へ歩き出す……え、手を繋《つな》いだまま？

「あの、カリスト様。このまま行くのですか？」

「ん？　ああ、社交界のように腕を出したほうがいいか？」

「いや、そこまでエスコートをしてもらうわけには……」

「俺がしたいだけだ。それとも、アマンダは嫌か？」

「嫌というわけではないですが……」

最近、カリスト様との距離が縮まってきて、嬉しいけれど少し戸惑うような感じだ。

まだ婚約者もいない未婚の侯爵家の当主様と、男爵家をほとんど勘当されている令嬢の私が、ここまで仲良くなってもいいものなのだろうか。

まあ男女の仲にはなっていないから、いいのかしら。

「それなら、腕を取ってくれるか？」

「……はい」

カリスト様が、私が取りやすいように左腕を少し上げてくれたので、そちらに手を添える。

社交界でもこのように振る舞ったのだが、なぜか社交界の時よりもドキドキするわね。

カリスト様にバレてないといいけど……。

「よし、では行くか。最初はここらで一番有名な魔道具店でいいか」

「はい、ほとんどどこも行ったことがないので、楽しみです」

私たちはそのまま商店街を歩いて、魔道具店へと向かった。

カリスト様と身を寄せ合って歩いていると、やはり視線を少しだけ感じる。

私もカリスト様も、二人とも平民ではない服装をしているからだろう。

話しかけられるわけではないから、問題ないけど。

「これから行く店はいろんな商会が作った魔道具が集まっている。ファルロ商会の魔道具などもあるだろう」

「そうなのですね」

そういえば、私が作った魔道具がお店で売られているところは見たことがないわね。

前に街中で、私が開発したポーションを使っている人は見たことがあったけど。

自分の魔道具が売られているのを見るのも、他の錬金術師が作った魔道具を見るのも楽しみね。

「楽しみです！」

「ふっ、そうか」

私たちはそう言って顔を見合わせて笑った。

カリスト様の腕に寄り添っているから、少し顔が近くてドキッとした。

そのまま商店街を歩いて、魔道具が並ぶお店へと向かう。

「ここだ。少し古い店だが、品揃《しなぞろ》えは結構いい。それに店長とも知り合いだから、あまり気を遣わなくてもいいしな」

「いいですね！　なんか雰囲気あります！」

確かにお店の外観は昔から立っている古い建物の感じがあるけど、だからこそ雰囲気がある！

それに窓ガラスから中が少し覗《のぞ》けるけど、何人かお客さんもいるわね。

中に入ると匂いなども独特で、だけど魔道具らしい金属や薬のような匂いがして、私はむしろ落ち着いた。

見たことがある商品も、全く見たことがない商品もあって、とてもワクワクする。

「カリスト様、この魔道具はどんなものですか？　普通のローテーブルに、布団をかけているだけのように見えますが」

「これはコタツという商品で、テーブルの下に暖房機をつけてある。布団をかけて使うのだが、その中に入って暖まるというものだ」

「なるほど！　確かにこれだと部屋中を暖める必要がなく、魔石が小さくても運用可能で素晴らしいですね！」

どこの商会が作ったのかわからないけど、これなら魔石も小さいから商品の値段も抑えられて、平民でも手が届くくらいになっている。

他の錬金術師が作った魔道具や商品を見ると、やはりいろんな工夫がされていて参考になるわね。

私たちの他にもお客さんが結構いるが、商品を見ているのでカリスト様に気づいている様子はない。

平民が多い商店街なので、侯爵のカリスト様の顔を知っている人はあまりいないのだろう。

カウンターに年老いた男性が座っていて、その人だけはカリスト様の顔を見て軽く目を見開いた。

だけど軽く会釈をするだけで、特に話しかけてはこなかった。

「雰囲気も落ち着いていて、いいお店ですね」

「ああ、私も他の商会が作った魔道具などを視察するときに、ここのお店を使うことが多い」

「確かにここだと人目も気にしないで見られますね」

他のお客さんが見ている商品をチラッと見ると……あれは、私たちが開発したドライヤーだ！

女性客の二人がそれを見ながら話している。

「これ、冷風も出るドライヤーらしいわね。意味はあるのかしら？」

「あっ、私使ったわよ。温風で髪を乾かした後、冷風を当てたら髪に艶《つや》が出るのよ。結構いい商品だと思うわ」

「そうなのね。あっ、ファルロ商会が出している商品なのね。じゃあ買おうかしらか、買ってくれるのかしら？　それならとても嬉しい……！

「だけど結構重いのよね。普通のドライヤーよりも少し大きいから」

「あー、それは困るわね。私は自分でドライヤーをかけるから、片手で持てる今の軽いのがいいわ」

うっ!?　い、痛いところを突かれてしまった……。

確かにオスカルさんと開発しているときにも、ドライヤーの重さの話になった。

冷風と温風を出す構造にしたので、普通のドライヤーよりも大きくて重くなった。

オスカルさんや他の人と話すと「貴族の人は使用人にドライヤーを任せることが多いから、多少重くても大丈夫だと思う」という話になり、そこまで改良を加えなかった。

だけどやはり目の前の女性みたいに、自分でドライヤーをかける人もいるわよね……。

そしてその女性はドライヤーを買うことなく、店を出ていってしまった。

「アマンダ、その、気にするなよ？　魔道具や商品を作っていたら、こういうこともある」

後ろからカリスト様がそう言ってきたが、私は首を傾《かし》げた。

「えっ、何がですか？」

「だから今の、商品を買われなかったことだ」

「気にしますよ、錬金術師なので」

自分の作った魔道具が気に入られずに買われないというのは、やはり悲しいことだ。

だけどそれ以上に……。

「絶対に改良して、彼女のようなお客さんに買ってもらえるような商品を作りたいですね！　まだ重さに関しては改良の余地があるので、次は従来のドライヤーと同じ、いやそれ以上に軽くしてみせます！」

「……なるほど、気にするというのはそっちの意味か」

「えっ、逆に違う意味があるのですか？」

「いや、落ち込んでいないかと心配になったが、杞憂《きゆう》だったな。さすがアマンダだ」

「あ、ありがとうございます？」

よくわからないけど、褒められているらしい。

「何か買いたいものはあったか？」

「あっ、はい。さっきのコタツが欲しいです。どんな効果かも気になりますし、これから寒くなるので普通に家で使いたいです」

「なるほど、では私が買ってくる」

「えっ、いや、私のものだから、私が買いますよ？」

「せっかくのアマンダとのデートだ。このくらいは奢《おご》らせてくれ」

「っ……い、いいのですか？」

「ああ」

カリスト様はニコッと笑ってそう言ってくれた。

それにやっぱり「デート」って言っているし……い、いや、仲の良い男女が二人で出かければ、それはデートってことよね、うん。

深い意味はないと思うわ。

「では、お言葉に甘えて……ありがとうございます」

「礼には及ばない。それにこれからもアマンダの家で料理を食べることになったら、私もコタツを使うかもしれないしな」

「ふふっ、そうかもしれませんね」

そんなことを言いながら、私たちは笑い合った。

アマンダがファルロ商会に転職してから、約半年が経《た》った。

ヌール商会のモレノは、ナルバレテ男爵家の屋敷に呼ばれていた。

応接室にいるモレノは、半年前までは生気に満ち溢《あふ》れていた顔だったのが、それも今では見る影もない。

それもそのはず、ヌール商会は破産する手前まできていた。

今まではずっと上手《うま》くいっていたのに、半年前……アマンダがいなくなってから、一気に崩れた。

どうしてこんなことに、と思いながらため息をついたモレノ。

その瞬間、応接室のドアが開いて当主のジェム・ナルバレテが怒鳴りながら入ってきた。

「モレノ！　何をしているんだお前は！」

大きな足音を立てて歩いてくると、ドカッとモレノの対面に座った。

「……何をしている、というのは？」

モレノは毎日ヤケ酒を夜遅くまで飲んでいるので、ジェムの大声が頭に響く痛みからイラついたように返事をする。

「お前の商会から最近、全く上納金がないではないか！　そのせいで俺は遊ぶ金がないのだぞ！」

ジェムとモレノは友人というより、契約のうえで成り立っていた関係だった。

ジェムはアマンダの母、ミリアムが嫌いだった。

両親から無理やり結婚させられたのだが、ミリアムはとても優秀だった。

男爵家の当主として優秀ではないと判断されたジェムだから、両親がせめて夫人は優秀な人にしようということで、ミリアムと結婚させたのだ。

その劣等感から、ジェムはミリアムが嫌いだった。

そしてミリアムに容姿も似ていて、学院を首席で卒業するほど優秀なアマンダも嫌いになった。

ジェムは、アマンダを無能として下に見たかった。

だからアマンダがヌール商会に就職するときに、モレノに頼んだのだ。

アマンダをこき使って、無能として扱うように。

そしてアマンダの功績をモレノのものにして、アマンダを絶対に目立たせないように。

モレノも自分の功績が増えるのであればと協力をして、半年前まではアマンダを無能として扱っていた。

モレノは自分の功績が増え、ヌール商会の売上は伸びていた。

その売上はジェムのお陰でもあったので、その一部をジェムに渡していたのだ。

しかしアマンダがいなくなってから、上納金を払う余裕はなくなっていた。

「無理に決まっているじゃないですか。ヌール商会はずっと赤字で、そろそろ潰《つぶ》れるかもしれないのに」

「くっ、それをなんとかするのがお前の役目だろ！」

モレノも自分の商会が潰れるのは嫌なので頑張ったが、無理だった。

アマンダを無能として扱っていたが、ヌール商会は実質アマンダ一人で成り立っていた。

貴族向けの魔道具などをずっとアマンダに何百個も作らせていて、それがヌール商会の売上のほとんどだった。

しかしアマンダがいなくなってみると、まず魔道具を作れる錬金術師が少なかった。

アマンダが一人いれば成り立っていたので、従業員は最低限の人数だったのだ。

新たに雇っても、アマンダのように高速で作れる錬金術師は一人もいなかった。

モレノも錬金術師の端くれなので作ったが、アマンダが十個以上作る時間で、モレノは一つしか作れない。

モレノはアマンダを無能と罵《ののし》っていたが、どれだけ彼女が優秀なのかは理解していた。

だからアマンダがいればヌール商会は安泰、だったのに……。

「そもそも、ジェム様がアマンダを勝手に引き渡したからこうなったのですよ」

「なんだと!?　俺が悪いというのか!?」

その通りだ、とモレノは言ってやりたかったが、さすがに貴族のジェムに言うことはできなかった。

「そうは言っていませんが……」

「仕方ないだろ！　ビッセリンク侯爵が脅してきたのだ！　アマンダを渡さないと痛い目に遭わせるぞ、と！　男爵家が侯爵家にそう言われたら、言う通りにするしかないだろ！」

実際はそんな脅しはされていないのだが、ジェムは自分は悪くないと正当化するために大袈裟《おおげさ》に言った。

「それにアマンダ一人がいなくなったところでなんだ！　あんな無能がいなくなっただけで、ヌール商会が立て直せなくなるほど落ちぶれたというのか!?」

「それは……」

まさにその通りなのだが、これもそう答えるわけにはいかないとモレノは判断した。

ジェムの前で「アマンダは優秀だ」と言うと、さらに面倒なことになるからだ。

「ふん、ヌール商会はその程度だったということだな。失望したな」

「……」

失望したのはどちらなのか、とも言ってやりたいが、もう言う気力もなかった。

モレノはジェムと今後も付き合っていくつもりはない、今日呼ばれたのはちょうどよかった。

「そうですね、そんな商会にはもう用はないと思うので、私はこれで失礼します」

モレノはそう言って立ち上がり、ドアの方へ向かう。

「おい待て、どこへ行く!?」

「帰るのですよ。もうジェム様と私は契約関係ではないのですから」

「なんだと!?」

「私たちの契約はアマンダがいないと成り立たない。もういないのだから、ナルバレテ男爵家に上納金を納める理由はないですよね？」

「くっ、それは……！」

アマンダを無能として扱って、彼女の作った魔道具の売上の一部を上納金として納めていた。

だが今はアマンダがおらず、売上もない。

もうヌール商会とナルバレテ男爵を繋げるものはないのだ。

「今までありがとうございました。最後に一つ、遊びはほどほどにしておいたほうがいいですよ、ジェム様。もう上納金もないので、今までのように遊んでいては破産しますよ」

自分たちの商会のように、と言う前にジェムが「黙れ！」と声を上げた。

「お前ごときにそんなことを言われる筋合いはないわ！」

「そうですか、では失礼します」

モレノはドアを開けて一礼してから、応接室を出て男爵家の屋敷を出ていった。


帰り道、商店街を歩いていたモレノ。

これからどうすればいいか、ヌール商会をどう立て直せばいいのかと考えているが、答えは出ない。

そんなとき、目の前に現れた人物に目を丸くした。

「ア、アマンダか……？」

「えっ？　あ、モレノさん」

商店街の魔道具店から出てきたアマンダ。

ナルバレテ男爵家の中で唯一の青髪は実母のミリアムから遺伝したのだろう。

半年前までは枝毛が多く艶もなかった髪が、艶やかになり綺麗になっている。

こき使っていたときは寝不足や疲れでやつれていた顔も、血色が良くなり表情も明るくなって、美しくなっていた。

「お久しぶりです、モレノさん」

「あ、ああ、久しぶりだ……元気にやっているようだな」

「はい、お陰さまで」

ニコッという可愛《かわい》らしい笑みに心臓が少し跳ねる。

アマンダがこれほど美しい女性だというのを、モレノは初めて気づいた。

職場を変えただけでここまで変わるものだろうか。

(いや、それだけじゃないのか)

残業続きでつまらない職場。

家でも家族に味方はおらず、使用人からもほとんど無視されていた。

自身の身なりを気にする余裕はなかったのだろう。

「モレノさん、いきなり辞めて申し訳ありませんでした」

「……」

「本当はご挨拶をしたかったんですけど、いろいろと忙しくて。最近は落ち着いてきたのですが」

「……ああ、本当だよ。お前がいなくなったせいで、俺の商会はめちゃくちゃだ」

これは八つ当たりだ、というのはモレノも理解していた。

しかし言わずにはいられなかった。

「お前さえ、お前さえいなくならなければ！　俺は安泰だったんだ、ずっと成功者だったんだ！」

アマンダがヌール商会にいれば、モレノはほとんど何も仕事をしなくても大金を、名声を得られ続けた。

今では魔道具の生産が追いつかず、半年前のアマンダ以上に残業に追われ続けている。

何人か錬金術師を雇っているが、その人たちも忙しさと給金が見合ってないと文句を言っているので、破綻するのは時間の問題だろう。

「この二年間、誰のお陰でずっと仕事ができたと思っている！　この恩知らずめ！」

「申し訳ありません、モレノさん。ですが私も、譲れないものがあったので」

「っ……！」

アマンダの真《ま》っ直《す》ぐな目に、モレノはたじろいだ。

職場でアマンダに罵倒《ばとう》をして命令をしているときに、モレノはアマンダの顔をほとんど見ない。

自分の罵倒にあまりこたえている雰囲気もないし、なにより目が嫌いだった。

顔はやつれて髪もパサパサだったのに、青く輝く目は美しかった。

それは容姿が綺麗になった今も変わらず、むしろあの時よりも輝いているように見えた。

「給金がまともに払われなくても、私の功績を奪われても、私のやりたいように錬金術ができていれば、あまり不満はありませんでした。ただ自由に開発や研究ができなかったことだけが、譲れない部分でした」

「つ、クソが……！」

アマンダの目に耐えられずに、視線を下に落としたモレノ。

するとその時、魔道具店から一人の男性が出てきた。

「アマンダ、会計が手間取って待たせてしまったな」

「カリスト様、大丈夫です」

出てきてアマンダと話す男性は、カリスト・ビッセリンク侯爵だ。

モレノは商会の会長同士の集まりで数度だけ会ったことあるが、侯爵家でありながら商会を運営している珍しい男という印象だった。

だがその敏腕ぶりはいろいろなところで聞いており、全ての侯爵家の中でも権力が一番大きいと言われている。

そんなビッセリンク侯爵が、アマンダの実力を認めて引き抜いていった。

「ん？　お前は確か、ヌール商会のモレノか」

「っ……覚えていていただいて光栄です、カリスト・ビッセリンク侯爵様」

モレノはカリストに頭を下げる。商会の会長という同じ立場だとしても、地位や権力の差はかなりある。

「アマンダ、話していたのか？」

「はい、ご挨拶もできずに商会を辞めてしまって申し訳なかったと謝っておりました」

「お前が謝る必要はないのではないか？　商会を辞めさせたのはナルバレテ男爵家だ」

「いや、辞めさせるように仕向けたのはカリスト様では……？」

「そうだったか？　よく覚えてないな」

ニヤッと笑ったカリストに、モレノは奥歯を噛《か》みしめて怒りや悔しさを押し殺す。

絶対に覚えているし、目の前に一番の被害者がいるというのに。

モレノをイラつかせるために話しているようだ。

「だが俺は正規の手続きをしたぞ。確実に契約書も書かせて、アマンダを引き抜いたのだ。あとからあれこれ言われても困るな」

「それはそうですが、モレノさんに挨拶できなかったのは心残りだったので」

「アマンダ、お前は優しすぎる。お前を騙《だま》し続けて甘い蜜を吸っていた虫に対しても優しいのだな」

「つ……」

カリストの最悪な言い方が屈辱的で叫びたくなるが、何も言わずに我慢するモレノ。

「別に優しくなんかありませんよ。ただ仕返しをするほど興味がないだけで」

アマンダのその言葉に、モレノは身体や心に冷水をかけられたような感覚に陥った。

「ふっ、そうか。アマンダらしいな」

「そうですか？」

「ああ、君は錬金術にしか興味がないからな。今日のデートも魔道具店を回るという色気のないものを望んでいたしな」

「だ、だって楽しいじゃないですか」

呆然《ぼうぜん》と立っているモレノの前で、二人は男女の仲になっているかのような距離感で話している。

「まあいいか、そろそろ次の店舗へ行くか」

「あ、はい、そうですね。ではモレノさん、私たちは行きますね」

「あ、ああ……」

アマンダは最後に軽く会釈をして、カリストはモレノを一瞥《いちべつ》してから何も言わずにその場を去っていった。

モレノはその場で二人の背を見送るしかなかった。

この半年、何があったかは知らないがとても仲良くなっている様子だった。

特にカリストの態度は商会で働く一人の錬金術師に対しての振る舞いではなかった。

アマンダは学院を首席卒業するほど優秀で、今は見た目も麗しくなっているので、侯爵家当主でも惹《ひ》かれる可能性はある。

侯爵家当主が惹かれるほどの女性が、半年前まではモレノの手元にいたのだ。

それを、奪われた。

奪われたとはまるでアマンダがモレノのものだったような言い方だが、モレノにとってはそんな感覚だった。

とても優秀な錬金術師であり、見目麗しい令嬢でもあったアマンダ。

あれは自分のものだったとモレノは思ったが、いまさらそんなことを思っても無意味だ。

全てはもう遅いのだから。


モレノさんと偶然出会い、挨拶をして別れてから、私とカリスト様はまたいろんな魔道具店を回った。

いろいろと魔道具を見てとても刺激になったし、勉強になった。

私はすごく楽しかったけれど……カリスト様は楽しかったのかしら？

本当に私が楽しめるところばかりに案内してもらっていたけど。

「カリスト様、今日は楽しかったですか？」

「ん？　ああ、楽しかったぞ」

「本当ですか？」

馬車の中で目の前に座っているカリスト様が、私の質問に首を傾げる。

「なぜ疑うんだ？」

「今日行ったお店は魔道具店ばかりで、私はとても楽しめましたが……私だけが楽しんでいるように思って」

私がそう言うと、カリスト様は少し笑った。

「ふっ、確かにアマンダは楽しそうだったな。私と話すよりも魔道具の感想を言う時間の方が長かったのではないか？」

「そ、そこまでじゃありませんよ！　それにカリスト様に感想を伝えているんですから！」

「ああ、そうだな。だからアマンダの魔道具への感想や熱意を聞くことができて楽しかったぞ」

「ほ、本当ですか？」

「嘘《うそ》をつく必要がないだろう？」

魔道具店でカリスト様と魔道具の感想を言い合ったり、新しい魔道具を作るための案を出し合ったりする時間は楽しかった。

それは私だけだと思っていたけど、カリスト様もしっかり楽しんでいたらしい。

「それならよかったです。私もカリスト様と話すのはとても楽しかったです」

カリスト様はファルロ商会の会長だから、魔道具の知識も豊富で話していて楽しい。

侯爵家当主でありながら、大きな商会の会長もしているなんて、本当にすごい。

当主というだけで忙しいと思うのに、なぜ商会の会長もしているのだろう？

商会会長という形だけならまだしも、カリスト様はとても忙しく働いている。

「カリスト様は、なぜ商会の会長もしているのですか？」

「ん？　なぜ、というのは？」

「貴族として資産を築くために商会を作るのはよくある話だと思うのですが、それを自分で運営して働くという貴族は、あまりいないように思えます」

「ああ、確かにそうだな」

いろんな貴族が資産を築くために商業などの事業を持っているが、ほとんどの貴族が人を雇って運営させているだけで、自分で働いているわけじゃない。

それが普通なのに、なぜカリスト様は自ら働いているのだろうか。

「商会会長をやる理由か……アマンダが錬金術をする理由は、錬金術が好きで、魔道具を作って人々が笑顔になっている姿を見たいから、だったな」

「はい、そうです」

精霊樹のところで話した内容を覚えていらっしゃるのね。

「とても素晴らしい理由だ。それに嘘偽りがないというのもわかる」

「あ、ありがとうございます」

カリスト様が優しい笑みを浮かべてそう言うので、少し照れてしまう。

自分で言ったことなんだけど、恥ずかしいわね。

「それで、私が商会長をやる理由は……アマンダとは真逆に近いかもしれない」

真逆？　どういう意味かしら？

「小さい頃から侯爵家の者として、社交界に出る機会が多かった。だが俺は、社交界が嫌いだった」

確かにカリスト様はいつも社交界から逃げようとして、キールさんと言い争ったりしている。

もともと私の家に来たのも、社交界から逃げていたからだった。

「ビッセリンク侯爵家の嫡男で、小さい頃から私を狙っているような貴族が多かった。令嬢だけじゃなく、その貴族の親も、まだ十歳くらいの俺を取り込もうとしてきた。まだいろいろと無知だったからな」

社交界デビューは十歳でするのが一般的だが、侯爵家の嫡男とあってとても注目されていたのだろう。どれだけの重圧だったのか、私にはわからない。

「自分よりも十歳も年上の令嬢にいやらしく口説かれて、三十も四十も上の大人から騙そうとしてくる言葉を言われ続けた。今思い返すとあの頃に体験していてよかったが、なかなか辛《つら》かったな」

当時のことを思い出しているのか、馬車の外を見て笑みを浮かべているカリスト様だが……いつもの笑みよりも辛そうに見える。

カリスト様が社交界が苦手な理由は、小さい頃の経験もあってのことだったのね。

「そう、だったのですね……」

「ああ、だから私は社交界ではないどこかに逃げ場が欲しかったのだ。侯爵家の商会は私が子供の頃にはすでにあったから、社交界から逃げるように仕事を学んだんだ」

なるほど、カリスト様がファルロ商会を大成功させているのは、小さい頃から学んでいるからなのね。

「社交界が嫌いだから商会の仕事を学んだ。最初は逃げるために学んでいたが、これが結構楽しくてな。学院生の頃に優秀なキールを誘って、共にファルロ商会を立ち上げたのだ」

「そんな経緯があったのですね」

「ああ、だから私が商会会長を続けてきたのは、貴族の仕事が嫌だからだ。それは今も変わらないし、これからも商会の仕事をしていくつもりだ」

カリスト様がそう言って、少し気まずそうに笑った。

「辛気臭い話をしてしまったな、すまない」

「い、いいえ、私から聞いたことですから。答えてくださってありがとうございます」

「ああ……幻滅したか？」

「えっ、何にですか？」

「アマンダと真逆の理由で商会会長をやっているからな。アマンダは好きで人々を笑顔にしたいと思っているが、私はそんなことは考えていない。ただ自分のためだけにやっている」

カリスト様は自嘲するようにそう言った。

私はすぐに首を振って否定する。

「いえ、幻滅なんてしませんよ。商会会長をするのが崇高な理由じゃないといけない、なんてことはないんですから」

「まあ、そうだが」

「それに私はカリスト様を尊敬しています。侯爵家当主の仕事だけでも大変なのに、商会会長と両立させているのは素晴らしいと思います」

「ただ侯爵家の仕事から逃げたいだけだがな」

「それでも、しっかりされているではないですか。まあたまに社交界から逃げてもいるようですが」

「うっ、まあそれは否定できないが……」

痛いところを突かれた、というように苦笑いするカリスト様。

なんだかそれが可愛らしくて、私も笑みを浮かべる。

「ふふっ、大人でも逃げたくなる仕事はありますから。私も前の職場で同じものをずっと作らされたのは辛かったですし」

「それは俺と同じなのか？」

「嫌な仕事から逃げたいという点では同じですよ。だから全く幻滅なんてしてませんよ」

「……そうか、それならよかったが」

カリスト様は安心したように微笑《ほほえ》んだ。

私に幻滅されることがそんなに心配だったのかしら？

いや、侯爵家当主として、商会会長として、一従業員の私に幻滅されるのは嫌なだけよね。

「それにカリスト様は商会会長として、いろんな人を幸せにしているじゃないですか」

「幸せに？　私がか？」

「はい。カリスト様が立ち上げたファルロ商会のお陰で、平民でも魔道具が手軽に買えて生活が豊かになっています。いろんな人が幸せに暮らしていますよ」

「だがそれは俺だけの力ではない。ファルロ商会の従業員全員で作り上げた商品のお陰だ」

「そうですが、カリスト様がファルロ商会を作らなかったら、生まれなかった魔道具がたくさんあると思います。例えば私を引き抜いていなかったら、緑のポーションは市場に出回っていなかったと思いますし」

私が自分のために作っていただけで、あれを売ろうという発想は特になかった。

商品化しようということになり、研究し始めたのはファルロ商会に来てからだ。

「ふむ、確かにその通りだが……」

カリスト様はまだ少し納得していない部分があるようだ。

自分の商会なのに、自分の力で人々を幸せにしているという感覚がないのだろうか？

謙虚なのは素晴らしいことだけど……あっ、そうだ。

「カリスト様が商会をしていたお陰で幸せになったのは、私もそうですよ」

「アマンダも？」

「はい、カリスト様に引き抜いてもらったお陰で、私は今とても幸せです。ファルロ商会でオスカスさんやニルスさんと魔道具を研究して作れて、本当に充実しています」

前の職場では絶対にできなかった。

カリスト様のお陰で、私は幸せになっている。

「カリスト様は仕事をしていて無意識のうちに、いろんな人を幸せにしているんですよ」

私が笑みを浮かべてそう言うと、カリスト様は目を見開いた。

そして、優しい笑みを浮かべた。

「……そうか」

「はい、幸せになった私が言うのですから、間違いありません」

「ふっ、アマンダに言われるのが一番嬉しいな」

カリスト様は席に座ったまま私の手を取って甲に唇を落とした。

「ありがとう、アマンダ」

「っ……は、はい」

いきなりでビックリして、ドキッとしてしまった。

前にダンスパーティーでされたことはあるけど、それは社交の場だったからで……今はなぜしてくれたのかしら。

それにまだ私の手を握っているし……。

「アマンダは、いつも私が驚くような言動をしてくれるな」

「え、えっと、迷惑でしたか？」

「いや、むしろ嬉しいことの方が多いな。だから厄介というのもあるが」

そう言って笑みを浮かべるカリスト様。

なんだかいつもよりもその笑みが艶っぽくて、手を握られていることもあって心臓が高鳴ってしまう。

その体勢のまま、しばらく経つと馬車が停まった。

馬車の窓から外を見ると、どうやら私の家の前のようだ。

馬車には買った魔道具をいくつも載せてあるから、当然かもしれないけど。

「つ、着きましたよ、カリスト様」

「……ああ、そうだな。もうしばらくこのままでもよかったが」

な、なぜこの人はいちいち、ドキッとするようなことを言うのだろう。

そしてカリスト様は私の手を握ったまま、降りる様子もないんだけど……。

そうこうしていると、馬車の扉が開いてキールさんが顔を覗かせてくる。

「……何をしているんですか？」

私がカリスト様に手を握られているのを見て、キールさんは冷めた目でそう言ってきた。

見られたことが恥ずかしくなって、私はパッと手を離した。

「な、何もしてませんから！」

「……まあそうだな。とりあえず降りるか」

カリスト様がため息をつきながら、馬車を先に降りた。

「キール、空気を読んでくれよ」

「まさか馬車内で何かしようと？」

「いい雰囲気だっただけだ。それを霧散させやがって」

「そうですか、次、頑張ってください」

なんだか二人がコソコソと喋《しゃべ》っているけど、私には聞こえなかった。

カリスト様がキールさんを少し睨《にら》んでから、私の方に手を差し出してくれた。

私はその手を掴んで馬車を降りた。

「ありがとうございます。今日は楽しかったです、カリスト様」

「ああ、俺もとても楽しかった。買った魔道具を家の中に入れようか」

「え、いや、そこまでしてくださらなくても……」

「一人じゃ大変だろう？」

「でも申し訳なくて……」

ただでさえ、ほとんどの魔道具をカリスト様が買ってくださったのだ。

これ以上、お世話になるのは気が引けてしまう。

「ふむ、じゃあ今日の夕食はアマンダの手料理を振る舞ってもらえないか？　それが見返りってことで」

「えっ、そのくらいでいいのですか？」

「もちろん、むしろいつも食べさせてもらっているから、魔道具を買って運んだくらいじゃ足りないのだが」

「そんなことはないと思いますが……」

カリスト様に料理をふるまうのはもちろんいいんだけど、なんだかさっきの雰囲気を思い出して、少し恥ずかしいわね……。

「アマンダ様、家のドアを開けていただけませんか？」

「えっ、あ、はい！」

私とカリスト様が話している間、もうキールさんが魔道具を持って運んでいた。

「すみません、キールさん。ありがとうございます」

「いえ、執事ですので。これくらいは当然です」

「そういうわけには……あっ、キールさんも今日は一緒に夕食を食べますか？」

私の提案にキールさんは少し目を見開いた。

そしてチラッと私の後ろにいるカリスト様に視線を移した。

「……では、お言葉に甘えてもよろしいでしょうか？」

「はい、もちろんです！」

よかった、これでカリスト様と二人きりにならなくて済むわね。

別に二人きりが嫌なわけじゃないけど、これ以上ドキドキさせられると心臓がもたない気がする。

「キール、お前……！」

後ろでカリスト様がなんだか恨み言を言うように、キールさんの名前を呼んだ。

その後、買った魔道具を私の家に運んでいく。

「おい、キール。空気を読めって言ったはずだが？」

「読んだうえで残ることにしたのですが？　どう見てもアマンダ様が残ってほしそうだったじゃありませんか」

「俺は？　俺はどう見えた？」

「アマンダ様の後ろから帰れという雰囲気がバシバシ伝わってきましたが、もちろん無視しました」

「なんでだよ」

「なぜカリスト様の意見を優先させないといけないのですか？」

「俺、お前の上司なんだが？」

また二人が私から離れたところで話している、仕事の話かしら？

仕事でも私情の話でも、二人ともいつも楽しそうに話していてなによりだわ。

✦ エピローグ ✦

カリスト様とのデートの翌日……自分でデートっていうのは少し恥ずかしいわね。

普通に出勤日だったので、朝ご飯を食べて職場へ行く準備をする。

最近は自分でお弁当を作って持っていっているのだが、今日は二人分を作った。

これは私が全部食べるわけじゃなく、昨日カリスト様にお願いされたのだ。

『やはりアマンダの料理は美味《うま》いな。最近は昼食も自分で作っているんだろう？　大変じゃないのか？』

『夕食の残り物とかが多いですから大変じゃないですよ。それに前日の夜に準備することが多いので、早起きしないといけないわけじゃないですし』

『そうなのか。じゃあ俺の分も明日作ってくれないか？』

『えっ、いや、本当に簡単なお弁当なので、カリスト様に食べていただくほどのものじゃ……』

『俺はアマンダの料理が好きだからな。それに午前中は侯爵としての仕事だから、昼食の楽しみが欲しいんだ』

期待しているような笑みでそこまで言われたら、さすがに断れなかった。

一緒に夕食を食べていたキールさんにも、ついでにお弁当を作ろうかと思ったけど……。

『大変嬉《うれ》しいですが、私は遠慮します。アマンダ様の負担をこれ以上増やすわけにはいきません』

『二人分も三人分もあまり変わりませんが』

『いえ、大丈夫です。それに……』

『それに？』

『どなたかに空気を読めって言われたので、今回はとりあえず読むつもりです』

キールさんはそんなことを言って、お弁当を断った。

空気を読めってどういうことだったのだろう？

あの時にカリスト様が大きく頷《うなず》いていた気がするけど、カリスト様に言われたのかしら？

よくわからないけど、とりあえずカリスト様の分だけお弁当を用意した。

いつも通りの時間に家を出て、職場へと向かう。

ファルロ商会の職場へ着き仕事を始める。

今日の午前中は部長のオスカルさんや他の人たちと一緒に、次に開発する魔道具などについて議論していく。

どんな新しい商品を作るのか、既存の商品の改良点などがあるのかどうかなど。

新しい商品を作る方向では、私が前に思いついた全自動食器洗い機などが候補に挙がっている。

それと既存の商品については、昨日私がドライヤーの改良を提案した。

「なるほどね、確かに重さはもう少し改良できる部分だよね」

「はい、だから構造をもっと簡略化していけば重量も軽減すると思います」

「うん、そうだね。僕とアマンダちゃんだけじゃ構造の簡略化は限界があったけど、誰かいいアイディアとかない？」

「それならここの素材を別のものにすれば――」

という感じで、開発部の人たちでどんどん魔道具について話し合う。

とても集中して話していくので、この会議の時はいつも時間が早く過ぎていく。

今日もいつの間にかお昼時を過ぎるまで話していた。

私たちが時間に気づいた理由は、会議中に部屋のドアが開いたからだ。

ドアを開けたのは……カリスト様だった。

「えっ、会長!?」

「お、おはようございます！」

「な、なんでここに……？」

一緒に会議をしていた人たちが驚きながらも挨拶をしている。

「ああ、おはよう、皆の者。会議が捗《はかど》っているようでなによりだ」

カリスト様も笑みを浮かべて挨拶をしているが、その視線は私を捉えていた。

あっ、そういえば、お弁当をまだカリスト様に渡していなかった。

昼時になったら食堂で一緒に食べるという約束をしていたのに。

「アマンダ、迎えに来たのだが、大丈夫か？」

カリスト様の言葉に、会議室にいる周りの人たちがざわついた。

「迎えに来ていただいてすみません。会議に夢中になっていました」

「問題ない。アマンダらしいじゃないか」

カリスト様はそう言って笑ってくれた。

さっきまで会議室はいろんな議論で声が飛び交っていたのに、今は私とカリスト様だけが喋《しゃべ》っている。

「会議は朝からやっているようだから、ここらで中断したほうがいいだろう？」

カリスト様が部長のオスカルさんに、確認するように問いかける。

「そうですねー、僕もお腹空《す》いたし。いったん休憩で！」

オスカルさんがパンッと手を叩《たた》くと同時に、私はカリスト様に手を繋《つな》がれる。

「よし、では行くぞ、アマンダ」

「はい。いや、別にそんな急がなくても……」

「楽しみにしていたのだから、急ぎもするさ。それに……君の同僚への牽制《けんせい》も兼ねてね」

カリスト様はそう言って会議室にいる人たちをじろっと見渡した。

ビクッと震える人が何人かいたが……牽制？　どういうことだろう？

よくわからないけど、私とカリスト様は会議室を出て食堂へと向かった。

私たちが出ていった後の会議室では……。

「えっ、会長とアマンダさんって、そういう関係なの？」

「オスカルさんは知ってましたか？」

「いやー、どうだろ？　よくアマンダちゃんの家で食事をしているってのは聞いてるけど」

「確定じゃないっすか……俺、密《ひそ》かにアマンダさんのこといいなって思ってたのに」

「諦めろ、相手が悪すぎる」

そんな会話をしていたようだけど、私は知る由もなかった。


カリスト様と食堂に行き、二人で対面に座って昼食を食べる。

「こちらをどうぞ、カリスト様」

「ありがとう。今日はこれを楽しみに仕事をしていたからな」

「そこまで期待されると困りますが……」

そして、周りにもすごく注目されていて緊張する……。

ファルロ商会の食堂なので、会長のカリスト様のことを知っている人たちが多い。

特に騒がれているわけじゃないけど、ただいろんな人に注目されている雰囲気だ。

カリスト様は慣れているのか、気にしていないようだけど。

私たちはお弁当箱を開けて、一緒に食べ始める。

「ふむ、やはり美味《おい》しいな。安心する味だ」

「ありがとうございます。お弁当なので少し冷めてはいますが」

「冷めていても美味しいから大丈夫だ」

冷めても美味しい食材で作ったから問題ないと思うけど、やはり温かいほうが美味しいだろう。

家だったらキッチンで火にかけたりして温め直すこともできるけど、ここでは無理ね。

こういうところでお弁当とかを温め直すことができる魔道具……欲しいかも。

貴族だったら作り置きなんてしないだろうけど、平民の家にそんな魔道具があったらきっと重宝するはず。

だから価格設定はそこまで高くできない、素材を安く済ませて構造などはシンプルで魔石も小さいものを使用しないと……。

「アマンダ、魔道具のことを考えているだろう？」

「えっ、あ……」

集中して考えていたら、カリスト様に笑われながら話しかけられた。

「す、すみません、カリスト様の食事中に……」

「ふっ、構わないさ。また何か新しい魔道具でも思いついたのか？」

「はい、あとでまた会議があるのでその時に提案してみようと思います」

そんな会話をしながら食事をしていると、横から声をかけられる。

「カリスト様、おはようございます」

「ああ、ニルス。おはよう」

「おはようございます、ニルスさん」

「おはよう、アマンダ」

製造部部長のニルスさんが、礼儀正しくカリスト様に挨拶をしに来たようだ。

「カリスト様が食堂で食事とは珍しいですね」

「ああ、アマンダと約束していてな」

「そうですか……ん？　それは弁当ですか？」

カリスト様の食事が食堂で提供されているものとは違うのを見て、ニルスさんが問いかけた。

「アマンダに作ってもらってな」

「……なるほど」

ニルスさんはチラッと私の弁当も見て、何か納得したように頷いた。

そしてカリスト様と視線を合わせて、二人は通じ合ったようにまた頷いた。

「そういうことですね」

「ああ、ニルスは話が早くて助かる」

「恐れ入ります」

どういうこと？　話が早いって、二人は特に何か話した様子もなかったけど？

「では私も食事をしてきます」

「あっ、ニルスさんもご一緒にどうですか？」

私とカリスト様が座っているテーブルは広いので、ニルスさんが座っても問題ない。

だがニルスさんはゆっくりと首を横に振る。

「いや、遠慮する。私は他の者と……」

「アマンダちゃーん。一緒に食べよー」

「あっ、オスカルさん」

遠くから私に手を振りながら近づいてくるオスカルさん。

彼とは食堂で食べることは少ないけど、共同開発をしているときに一緒に食べることがある。

だから私としては全く問題ないのだが……。

「オスカル」

「ん？　あっ、ニルス、どうし……ぐぇ!?」

笑顔で近づいてきたオスカルさんだが、ニルスさんが彼の首に腕を回した。

かなり力が入っているのか、オスカルさんは苦しそうにしている。

「オスカル、お前は私と一緒に食う約束をしていたな？　そうだな？」

「い、いや、そんなの、一回もしたことな……」

「お前は忘れっぽい馬鹿だからな。ほら行くぞ、席はあちらだ」

「ここでも、あと二人くらいは座れるんじゃ……」

オスカルさんがまだ何か言おうとしていたが、ニルスさんが彼の首に腕を回したまま連れていってしまった。

「えっと、なんだったんでしょう？」

「さあな。まあ一つ言えるのは、ニルスはとても優秀な男ということだ」

「はぁ……」

私にはよくわからなかったが、カリスト様は安心したような笑みを見せた。


その後、私とカリスト様は食事を終えて雑談する。

「アマンダ、精霊樹の欠片《かけら》で何を作る予定なのだ？」

「それが悩み中でして……だけど一つはなんとなく決まっていて」

「なんだ？」

「魔武器です」

「……アマンダにあれよりも強い魔武器が必要なのか？」

カリスト様は少し呆《あき》れるように言った。

確かに私専用の魔武器はあれ以上の性能はいらないし、作ろうとも思っていない。

「私のじゃなく……できれば、カリスト様のを作ろうと思っていて」

「俺の？」

「はい。いつもお世話になっているので何かお返ししたくて……ダメでしょうか？」

こういうとき、普通の令嬢だったら宝石とかを贈るんだろうけど……私には難しい。

だからせめて私が得意な錬金術で作ったものを渡したいんだけど、それでも魔武器は贈り物としてはダメかしら？

「いや、全くダメじゃないが……いいのか？　貴重で欲しかった素材を、私のために使っても」

「もちろんです。カリスト様にだからこそ、精霊樹の素材を使った贈り物を作りたいんです」

「……そうか。そう言ってくれるなら、嬉しいな」

カリスト様はそう言って微笑《ほほえ》んでくれた。

よかった、カリスト様が喜んでくださるならなによりだ。

「どんな魔武器がいいですか？　考えているのは剣なのですが」

「ああ、私も一番扱える武器は剣だ。だが剣で魔武器というのはあまり聞いたことがないな」

「はい、だからこそ……やりたくなります！」

「ははっ、アマンダらしいな。楽しみにしているよ」

カリスト様がそう言ってから食堂にある時計をチラッと見た。

「そろそろ私は仕事に戻るか。キールもうるさいからな」

「あっ、はい。お見送りしますね」

入り口まで一緒に向かい、カリスト様を見送る。

「改めてお弁当ありがとう、アマンダ。これで午後からの仕事も頑張れそうだ」

「それはよかったです。午後のお仕事は何なのですか？」

「ちょっとした貴族同士の会議だな。面倒だから出たくないのだがな……」

カリスト様は今日も侯爵家当主の仕事のようで、少し大変そうだ。

私はこれからまた楽しい会議に戻るので、少し気が引けるわね。

「頑張ってください、カリスト様。その……今日も私の家で食事を準備して待っていますので」

自分の料理でカリスト様の機嫌が直るなら、という感じで言ってしまったが、自意識過剰だったかしら？

言ってから少し恥ずかしくなってきてしまう。

しかしカリスト様は目を見開いて驚いてから、すぐに嬉しそうに微笑んでくれた。

「それなら仕事が頑張れそうだ。楽しみにしている」

そう言ってカリスト様は私の手を取って、いつかのように手の甲に唇を落とした。

……えっ!?　な、なんでここで!?

「カ、カリスト様、人前でこんなこと……！」

「別に今までも人前ではなかったか？」

「そ、そうですけど……」

ここは職場だし、顔見知りも多い。

入り口だから特に誰にも見られていないと思うけど、普通に恥ずかしい。

「ふむ……どうやら脈が全くないわけじゃないようだな」

周りを見渡して知り合いがいるか確認していたのだが、カリスト様が小さく何か呟《つぶや》いた。

「えっ？　すみません、何か言いましたか？」

「いや、なんでもない」

カリスト様はふっと笑って、私の手を離して背を向ける。

「では、また夜に、アマンダ」

「あ、はい。また」

カリスト様は少し笑みを浮かべて、私に手を振りながら離れていった。

私も軽く振り返して彼を見送った。

さっきはすごくドキッとしたけど、カリスト様は私の恩人だから、彼のための魔武器は精一杯作りたい。

そういえば、私は誰か一人のために魔道具を作ったことはないわね。

初めて誰かのために……カリスト様のために作りたいと思った。

な、なんだかそう意識すると恥ずかしくなってきた。

カリスト様はファァルロ商会に私を引き抜いてくれた恩人で、いつもお世話になっている人だから、その恩を返したいだけ。

だから別に特別な感情はない……と思う。

うん、あまり深く考えないようにしよう。

とにかく、カリスト様のための魔武器を頑張って作ろう。

まずはこの後、まだ会議があるのでそちらに集中しないと。

「よし、頑張ろう！」

私はそう気合を入れて、会議室へと戻る。


私はまだまだ作りたい魔道具がたくさんある。

私が開発して作った魔道具で人々が幸せそうに笑う姿を、私はもっと見たい。

今度、カリスト様のために作る魔武器で、彼が喜んでくれたら……私も幸せな気持ちになる。

これからも、錬金術で楽しく仕事をしていって、幸せに暮らしていきたい。

✦Character Design

カリスト

キール

オスカル

✦Character Design

ジェム

+Character Design

無能と言われた
錬金術師
～家を追い出されましたが、凄腕だとバレて侯爵様に拾われました～

MFブックス

無能《むのう》と言《い》われた錬金術師《れんきんじゅつし》 ～家《いえ》を追《お》い出《だ》されましたが、凄腕《すごうで》だとバレて侯爵様《こうしゃくさま》に拾《ひろ》われました～ 1

2023年11月25日　初版第一刷発行

著者　shiryu
発行者　山下直久
発行　株式会社KADOKAWA
〒102-8177　東京都千代田区富士見2-13-3
0570-002-301（ナビダイヤル）
印刷・製本　株式会社広済堂ネクスト
ISBN 978-4-04-683067-8 C0093

企画　株式会社フロンティアワークス
担当編集　齊藤かれん（株式会社フロンティアワークス）
ブックデザイン　AFTERGLOW
デザインフォーマット　AFTERGLOW
イラスト　Matsuki

本シリーズは「小説家になろう」（https://syosetu.com/）初出の作品を加筆の上書籍化したものです。

ファンレター、作品のご感想をお待ちしています

宛先
〒102-0071　東京都千代田区富士見2-13-12
株式会社 KADOKAWA　MFブックス編集部気付
「shiryu 先生」係「Matsuki 先生」係

MFブックス
MFブックス新シリーズ発売中!!
ただの村人の僕が、三百年前の暴君皇子に転生してしまいました
～前世の知識で暗殺フラグを回避して、穏やかに生き残ります!～
sammbon
サンボン
illustration 夕子
STORY
第四皇子ルドルフは、ある日自分の前世が三百年後の村人で、転生していたと気づく。前世で愛読した戦記によると彼は、婚約者である「氷の令嬢」に殺される運命で!?知識チートで死亡フラグを回避する生き残りファンタジー開幕!
元ただの村人、
死亡フラグに溢れた
前世の知識で
帝政を生き残ります!